AF399309

*fine*BOOKS

Unbehauste

23 Autoren über Fremdsein

Eine Anthologie
Herausgegeben von Alexander Broicher

Impressum

© fineBooks Verlag Alexander Broicher. Berlin, 2020
2., aktualisierte Auflage
Alle Rechte vorbehalten. Nachdruck und Vervielfältigungen –
auch auszugsweise – nicht gestattet.

Herausgeber:	Alexander Broicher
	finebooksverlag.com
Lektorat:	Ramona Raabe
Umschlaggestaltung:	Ulla C. Binder
	Mo Tapprogge
	mo-creation-design.com
Satz:	Gaja Busch
	Mo Tapprogge
	mo-creation-design.com

Printed in Germany

ISBN 9783948373238

Inhalt

Vorwort

Die Debatten sind kaum mehr überschaubar. Europa, von manchen mehr als Festung denn als offener Hafen gewünscht, sieht sich mit einer konstanten Flüchtlingswelle konfrontiert. Diese erfordert nicht allein die Aufnahme und Versorgung von Menschen in Not, sondern auch eine Diskussion über die Werte Europas. Und ob diese Werte – im übertragenen Sinne – Grenzen haben, oder ob auch sie an unseren geografischen Grenzen enden. Nennen wir sie nicht Menschenrechte? Sind Freiheit und Sicherheit eine Geldfrage? Oder gar Wohlstandsallüren?
Genau genommen könnten wir für jeden »fremden« Einfluss im Sinne einer Bereicherung des eigenen Wissens- und Erfahrungsspielraums dankbar sein, erfahren wir doch eine zunehmende Homogenisierung der Welt. Die Ängste vor dem Fremden sind in diesem Land eine bekannte Größe, die manche Demagogen geschickt zu instrumentalisieren wissen. Dieses Buch will im eigentlichen Sinne nicht rein politisch sein, sondern will über die Debatten hinausgehen und diese durch andere Perspektiven ergänzen. Es ist ein Lesebuch, das in fremde Welten entführt, die manchmal auch nur im eigenen Kopf stattfinden. Denn was bedeutet es eigentlich, kein Zuhause zu

haben? Und was alles kann ein Zuhause bedeuten?

Für diese Anthologie haben 23 Autorinnen und Autoren Geschichten geschrieben, die der aktuellen Diskussion Betrachtungen aus einer bewegten Welt hinzufügen wollen.

Es sind persönliche Geschichten über das Unbehaustsein – Gefühle der Fremde, Unzugehörigkeit, Ängste und Sehnsüchte. Geschichten der Flucht, der Reise, der Suche. Sie führen uns unter anderem über Wasser, in die Arktis, in ein Grundschulheim, auf ein Landesamt, einen Schrottplatz, durch Nächte, in einen Supermarkt, ein Antiquariat oder ein Hotelzimmer. Und in die Zukunft.

Teile der Erlöse dieses Buches kommen der Integrationsförderung zugute. Hiermit möchte ich mich bei den Autorinnen und Autoren des Buches ganz herzlich bedanken, nicht nur für ihr Engagement, sondern auch dafür, diese inspirierenden Geschichten mit uns zu teilen.

Bei Friedrich Ani, David Wagner, Kat Kaufmann, Benedict Wells, David Safier, Selim Özdoğan, Marcus Braun, Anik Feit, Christoph Silber, Florian Wacker, Matthias Sachau, Jule Müller, Robin Baller, Jürgen Hobrecht, Judith Poznan, Manfred Theisen, Tina Ger, Michel Birbæk, Linda Rachel Sabiers, Norbert Kron, Ramona Raabe und Moritz Rinke.

Des Weiteren danke ich Daniel Fiedler und meiner Mutter für die Unterstützung.

Trotz Gefühlen der Unbehaustheit oder auch Angst vor Fremde, sollten wir uns vor Augen halten, dass Räume soziologisch betrachtet das Resultat menschlicher Handlungen sind. Ein Land kann also immer nur so gut sein wie die Gesamtheit der Handlungen seiner Bewohner. Es geht nicht darum, Geschichte gegen sich selbst zu schreiben. Es geht um nichts weniger als die Wiedergewinnung der Zukunft.

Alexander Broicher
Berlin im November 2015

Moritz Rinke

Pérdida de tiempo!

In den letzten Wochen reise ich zwischen der Türkei und Spanien und lese viel über Sachsen in der Zeitung. Ein Spanier auf Lanzarote hat mich gefragt: »Que pasa Pegida aleman? Pegida? Pegida!?«

Er wiederholte das Wort mehrere Male und sagte, er habe zuerst gedacht, es handele sich in Deutschland um eine »Pérdida«, eine »Pérdida de la memoria«, einen Gedächtnisschwund. Oder um eine »Pérdida de conocimiento«, eine Bewusstlosigkeit.

Ich antwortete, dass ich seine spanischen Bezeichnungen für die deutsche Pegida im Grunde genommen sehr passend finde, weil man ja eigentlich schon bewusstlos sein muss, um Sachsen oder Deutschland für islamisiert zu halten.

»Sachsen hat 0,2 Prozent Muslime, hält sich aber für orientalisch«, fügte ich hinzu. »Vielleicht stimmt da wirklich irgendwas nicht mit dem Kopf? (Pérdida de la memoria).

Der Spanier lachte. »0,2 Prozent!«, wiederholte er und zeigte auf die kanarische Promenade. »Da sind überall Deutsche, in unserem Ort leben 50 Prozent Deutsche!«

»Ist das schlimm?«, fragte ich. »So eine Germanisierung?«

»No, no«, antworte er und klopfte mir auf die Schulter, »du bist ja auch einer, ihr seid alle Flüchtlinge des Wetters!«

Mir fiel eine Szene ein, genau auf dieser Promenade, es ist schon etwas her. Eine Frau aus Deutschland, die in einem Restaurant am Nebentisch beim Kellner selbstverständlich auf Deutsch ihr Gericht bestellte, hatte vom Unglück ertrunkener Flüchtlinge auf Lanzarote gehört und sagte zu ihren Tischpartnern: »Selbst schuld. Wenn man nicht schwimmen kann, steigt man nicht in ein schlechtes Boot.«

Am Cocoteros-Strand, in der Nähe des Ortes Teguise, hatten einen Tag zuvor Rettungskräfte 21 Leichen aus dem Meer gezogen. Das Boot der Flüchtlinge war 20 Meter vor dem Ziel gekentert.

Das Gesicht der Frau im Restaurant auf der Promenade, die das Schicksal der Flüchtlinge so kommentiert hatte und ohne jede Kenntnis, warum diese Menschen in ein schlechtes Boot gestiegen waren, obwohl sie nicht schwimmen konnten – dieses Gesicht der Frau stelle ich mir nun immer vor, wenn ich über Pegida in Deutschland lese.

Ich sehe dieses Pegidagesicht immer noch vor mir, wie es auf den eigenen Teller starrt und ohne einen blassen Schimmer seine Ansichten kundtut. Vielleicht war es sogar Tage zuvor mit dem TUI-Flieger genau über diese Flüchtlinge in ihrem schlechten Boot hinweggeflogen. Warum flüchten Menschen?, hätte ich das Pegidagesicht heute fragen wollen. Warum verlässt jemand seine Familie und läuft Tausende Kilometer durch die Wüste? Warum erträgt jemand die Sahara, die Schlepper, die Bürgerkriege in den Ländern, die er hinter sich lassen muss, um am Ende auf ein brüchiges Boot zu steigen? FLÜCHTLINGSKUNDE – man müsste die Menschen in Dresden oder Leipzig an die Hand nehmen oder ihnen zwangsweise einen »Flüchtlingsunterricht« auferlegen, eine »Flüchtlingskunde«: Syrien, Afghanistan, Irak, Myanmar, Somalia, Sudan, Kongo, Eritrea ... Und viele aus Politik und aus Medien müssten auch zur Flüchtlingskunde. Vielleicht würde es helfen, zu verstehen, warum wir nun genug über die deutsche Pegida berichtet haben.

Und vielleicht würde es auch helfen, den Blick so langsam über den Tellerrand und über unsere deutsche Promenade zu heben? Es gibt nämlich auch, wie mir der Spanier erklärte, eine »Pérdida de tiempo«, eine Zeitverschwendung.

(aus: Moritz Rinke, »Erinnerungen an die Gegenwart«, Kiepenheuer & Witsch 2014)

Moritz Rinke, geboren 1967 in Worpswede, studierte »Drama, Theater, Medien« in Gießen. Seine Reportagen, Geschichten und Essays wurden mehrfach ausgezeichnet. Sein Stück »Republik Vineta« wurde 2001 zum besten deutschsprachigen Theaterstück gewählt und 2008 für das Kino verfilmt. 2010 erschien sein Debütroman »Der Mann, der durch das Jahrhundert fiel«, der zum Bestseller wurde. Sein Theaterstück »Wir lieben und wissen nichts« ist eines der erfolgreichsten Dramen der letzten Jahre und wird an über 50 Bühnen gespielt. Moritz Rinke lebt und arbeitet in Berlin.

Jürgen Hobrecht

Die Hörigen des Rattenfängers

Sonntäglicher Anruf der Mutter. – Wie stets: Alltags-und Allerweltsgeschichten aus einer 600-Quadratmeter-Villa in einer Kleinstadt im Weserbergland. Geordnete Verhältnisse. Der Rasen wie mit der Nagelschere geschnitten. Das Haus so geräumig, dass man sich nicht sehen muss. Unausgesprochenes wird ungesagt bleiben. Bis zum Ende. Sie, die Mutter im 84. Lebensjahr, er, der Vater, im 90. Zwei aus der Generation der Kriegskinder auf der Zielgeraden zur letzten Ruhestätte.

Aber nun ist es unversehens aufregend geworden. Angst ist aufgekommen in den Mittelschichthäusern an den Hängen des Weserufers. »Jetzt kommen die Flüchtlinge auch hierher«, sagt die Mutter aufgeregt. Es klingt wie die Angst der gebürtigen Hamburgerin vor der großen Flut.

»Die Kaserne ist schon voll!«, ruft sie. Bis auf 300 Meter hat sich die Flüchtlingswelle meinem Elternhaus genähert. Die Wehrmachtskaserne aus dem letzten Krieg war bis vor wenigen Jahren von der britischen Rheinarmee belegt. Nach dem Abzug stand der wilhelminische Wuchtbau leer. In den letzten Wochen sind dort 700 Flüchtlinge einquartiert worden. Zumeist sind es Frauen, die mit ihren Kindern allein auf der Flucht waren, oder, schlimmer noch, allein und unbegleitet geflüchtete Kinder und Jugendliche. Die meisten sind der syrischen Bürgerkriegshölle mit knapper Not entkommen.

»Frauen mit Kopftüchern!«, ruft meine Mutter aus. »Mehr sieht man nicht.« – »Kopftuch«, das Wort klingt aus ihrem Mund wie etwas Schmutziges, Verwerfliches. Anfang der sechziger Jahre. Wochenmarkt auf dem Platz vor der Kirche. Die meisten Marktfrauen, vom Lande kommend, haben ein Kopftuch getragen, ebenso meine geliebte Großmutter bei der Gartenarbeit. Heute symbolisiert das Kopftuch das Fremde, das Ungewollte.

»Sie werden uns noch zwangsweise Flüchtlinge einquartieren«, und sie sagt es buchstäblich mit einem Atemzug, »genau, wie wir damals bei einer Familie einquartiert worden sind, nach dem Bombenangriff.«

»Siehste«, sage ich hoffend. »Dann weißte doch, wie das ist, wenn man alles verloren hat.«

Sie reagiert, als sei sie abgeschnitten von ihrer Erinnerung, erfüllt von namenloser Angst, die Fremden würden ihr nahe kommen. – Und jede Nähe ist wohl zu nahe, wenn man Angst hat.

»Was können wir für Syrien?«, kommt es trotzig. »Es war schwer genug nach dem Krieg – und jetzt kommen die und gefährden alles.« »Was heißt alles?«, frage ich gereizt.

»Na, alles! Arbeitsplätze, die Wohnungen, alles, was wir aufgebaut haben, geht über den Deister.« »Du hast doch nur Angst, dass man Euch etwas wegnimmt«, sage ich einen Ton zu schnippisch. Das Gespräch ist beendet.

Insgeheim hoffe ich, dass man in dieses riesige Haus Flüchtlinge einquartiert. Das brächte zweifelsohne Leben in die Bude.

Ich denke an meinen Mitschüler Kurt. Wir gingen Anfang der sechziger Jahre gemeinsam in die Volksschule. Kurt war ein kleiner schmächtiger Junge, zurückgeblieben und zu kurz gekommen. Schüchtern, oder vielleicht eingeschüchtert, äußerte er sich nur, wenn er gefragt wurde, sprach mit dünner Stimme. Kurt wohnte mit seiner Familie an der »Pumpstation«. Ein Viertel am Rande der Stadt, größtenteils Wellblechhütten, in denen noch bis Mitte der sechziger Jahre Flüchtlingsfamilien wohnten. Kurts Eltern kamen aus dem Osten. Jeder in der bürgerlichen Kleinstadt kannte die »Pumpstation«, wusste, wer dort wohnte. Jeder mied die Gegend und seine Bewohner, so gut er konnte. Meine Eltern haben mich gewarnt, vor Kurt und seinen beiden Brüdern. »Spiel nicht mit den Schmuddelkindern, sing nicht ihre Lieder«, sang Franz-Josef Degenhardt – und er meinte Flüchtlingskinder wie meinen Schulkameraden Kurt, der bald in die Hilfsschule wechselte. So hieß das damals. Abgestempelt für ein Leben im Abseits – 20 Jahre nach der Flucht der Eltern.

Meine Mutter hat den »Feuersturm« vom Sommer 1943 in Hamburg überlebt. Ende Juli bis Anfang August 1943 saß sie mit ihrer Mutter und ihrem scharlachkranken Bruder Nacht für Nacht im Hochbunker. Wenn sie erzählt, von den herannahenden Bomberströmen, den Einschlägen, die die meterdicken Bunkerwände erzittern

und das Licht flackern ließen, hat sie meist zwei Gläser
Wein getrunken. Es muss grauenhaft gewesen sein, das
Schreien der Menschen. Ob sie auch geschrien hat? Ich
traue mich nicht zu fragen. Sie ist mir nahe, wenn sie von
den Bombennächten erzählt. Ihre Stimme völlig anders
als die der hart und abweisend urteilenden Gesellschafts-
dame, die über das heutige Leid der dem Krieg Entron-
nenen hinweggeht.
Eines Morgens, im Spätsommer 1943, treten die drei,
meine Großmutter und ihre beiden Kinder, ins Freie. In
Hamburg-Wilhelmsburg steht kein Stein mehr auf dem
anderen. Ausgebombt, obdachlos. Meine Mutter ist damals zehn Jahre alt. Tage später wird das Mädchen als
privilegierte Tochter eines Kripo-Beamten in einen Zug
gesetzt. Es heißt, es ginge auf einen Ausflug aufs Land.
Als der Zug den Bahnhof verlassen hat, erfahren die ganz
unvorbereiteten Kinder, dass die Fahrt nach Österreich
geht. Getrennt von der Familie sollen die Kinder im
bombensicheren Alpenland leben. Auf den Verlust der
Wohnung folgt die gewaltsame Trennung von Heimat
und Familie. Sie dauert bis zum Ende des Krieges.
Die Erinnerungen der Mutter, sie kommen zurück, beim
Erzählen mit dem Glas Wein. Eine wahrhaftige Erzählung, die mit einer Selbsttäuschung endet. Das alles vorbei sei, zum Glück, und lange her. Heute gehe es ihr gut.
Beim Vater, dem einzigen seines Schuljahrgangs, der den
Krieg überlebt hat, sind es die heftigen Schmerzattacken
ungeklärter Ursache, bei der Mutter die Alpträume und
Blutdruckkrisen, die sie für Tage handlungsunfähig ma-

chen. Das sei alles psychisch, sagt der Arzt, bleibt unverbindlich und deckt damit die greifbaren Ursachen zu. Wie dick ist die Mauer zwischen dem eigenen Leid und dem ganz ähnlichen Schicksal anderer Menschen? Warum ist jedes Mitgefühl unmöglich, die Fremdheit unüberwindbar?

Mein Vater äußerte Anfang der neunziger Jahre verhohlen Verständnis für die Brandanschläge von Mölln und Solingen. Deutschland sei durch Überfremdung bedroht. Dagegen müsse man sich wehren. Ich habe damals den Mittagstisch wütend und angewidert verlassen. Seither kein Gespräch mehr.

Im Bücherschrank des Elternhauses vor Kurzem noch Neuanschaffungen von Biografien des Nazi-Führungspersonals entdeckt: Goebbels, Himmler und Komplizen. Was will er mit fast 90 Jahren nachholen, seine gestohlene Jugend? Was will er verstehen, wenn er diese Bücher liest?

Mein chronisch schmerzkranker Vater hat seine Heimatstadt zeit seines langen Lebens nur verlassen, um in den Urlaub zu fahren, seine Kinder zu besuchen oder – überzeugt, wie er sagt – in den Krieg zu ziehen. Er kennt die Welt nicht. Auf seine letzten Tage sucht sie ihn heim, fast bis an die Grundstücksgrenze.

Ende der neunziger Jahre hatte ich einen Handwerker beauftragt, die Wände meines Wohnzimmers mit Schallschutz zu isolieren, um zu Hause Tonaufnahmen machen zu können. Der bereits im Ruhestand befindliche Mann, etwa im Alter meines Vaters, arbeitet emsig und akkurat. Als die Wände gedämmt sind, will ich die Akustik testen. Ich bitte den Mann in die Mitte des Raumes zu gehen und einen x-beliebigen Satz zu rufen, egal was, nur möglichst laut und druckvoll. Der Mann ist erst irritiert und etwas hilflos. Schließlich streckt er den Brustkorb, holt tief Luft, neigt den Kopf zur Decke und ruft mit voller Stimme in den toten Raum: »Wir haben den Krieg verloren!«

Jürgen Hobrecht, geboren 1957 in Hameln. Studium der Sozialpädagogik in Münster/Westfalen. Anfang der 1980er Jahre wurde Hobrecht durch seinen autobiografischen Roman »Du kannst mir nicht in die Augen sehen« einer breiten Öffentlichkeit bekannt. Seit 1982 zahlreiche Features und Reportagen für alle ARD-Hörfunksender. Ab 1992 Produzent und Realisator von Dokumentarfilmen und Reportagen für ARD, 3sat, Arte u.a. Seit 2009 Geschäftsführer der Phoenix Medienakademie e.V. in Berlin.

David Wagner

Die letzten Tage der
Grünen Autonomen Republik Berlin
(West)

Es sind wahrscheinlich die letzten Tage der Grünen Autonomen Republik Berlin (West). Die Söldner der DDR werden, wir rechnen damit, bald einmarschieren. »Humanitäre Mission« werden sie es nennen – und nicht einmal ganz Unrecht haben, es gibt ja kaum noch etwas zu essen in dieser Stadt, die keine funktionierende Stadt mehr ist.

Hinter der Ruine der Staatsbibliothek, wo einmal, lange her, vor dem Zweiten Weltkrieg, der Potsdamer Platz lag, erstreckt sich ein Birken- und Robinienhain bis zum Neuen Brandenburger Tor. Von der anderen Seite der Mauer, von drüben, glitzern hell erleuchtete Glastürme herüber. In ihrem Schein kann ich lesen, nachts gibt es nur hier noch Licht.

Dass die Mauer, in deren Nähe ich sitze, früher einmal, lange vor den Analogunruhen, dazu da war, um niemanden aus dem Osten herauszulassen, das mutet heute an wie ein Witz. Kinder, denen ich davon erzähle, wollen es nicht glauben. Sie lachen, wenn sie hören, dass die Mauer um unser Berlin früher einmal dazu da war.

Wie fing das an? Wie hat die DDR den Westen überholt? Die radikalen Reformen haben sie damals wohl am Westen vorbeikatapultiert. Im Rückblick sieht es so einfach aus, ja, die DDR hat den Westen durch Digitalisierung überholt – und sich schon im Jahr 2000 in Deutsche Digitale Republik umbenannt. Die Abkürzung blieb praktischerweise die gleiche.

Zur Sicherung ihrer Grenze hatte die DDR schon in den frühen achtziger Jahren des letzten Jahrhunderts ein elektronisches Überwachungsnetz mit Kommunikationsmöglichkeiten und mobile Drohnen entwickelt. Staatsbetriebe begannen diese Überwachungstechnologie zu exportieren, Israel bekam die beste, fast unsichtbare Mauer der Welt, die USA kauften einen neuen, sehr langen Grenzzaun der neuesten Generation für ihre Grenze mit Mexiko. Überall, wo Armutsmigration aufgehalten werden musste, waren Qualitäts-Grenzsicherungen Made in GDR gefragt. Mauerschützen wurden gleich mitgeliefert, die Schwarzwasser-Söldner der DDR waren und sind als Spezialkräfte in der ganzen Welt unterwegs. Morgen oder übermorgen kommen sie wahrscheinlich zu uns. Die Digitale Republik will endlich aufräumen vor ihrer Haustür. Das Neue Brandenburger Tor soll endlich irgendwo hinführen.

Die prosperierenden Rüstungs- und Überwachungstechnologie-Exporte ermöglichten den Import von Konsumgütern, darüber hinaus wurden eigene, sehr erfolgreiche zivile Anwendungen der Überwachungstechnik entwickelt, mobile Telefone beispielsweise. Die Regierung schenkte jedem Staatsbürger ein Handtelefon, DDR-Bürger konnten nun jederzeit und überall miteinander telefonieren. Was sie nicht wussten oder nicht wahrhaben wollten: Dass sie so sehr leicht zu überwachen waren. Jeder trug eine Wanze, ein Abhörgerät mit sich herum, freiwillig. Kaum jemand musste mehr beschattet werden. Die Partei der Reformer in der Staatssicherheit hatte geahnt, dass es viel effektiver sein kann, die Bevölkerung sich selbst überwachen zu lassen.

Die Anti-Elektronik-Fraktion in Berlin (West) warnte vor diesen tragbaren Telefonen, ebenso die immer stärker werdende Vereinigung der Antimetaller. In der Grünen Autonomen Republik Berlin (West), die sich von der westdeutschen Altenpflegerdiktatur (der von Helmut Kohls Witwe regierten ehemaligen Bundesrepublik) losgesagt hatte, wurden Tragetelefone verboten. Die Regierung der Berliner Schwäbischen Alternative verbot dann nach und nach alle Elektronik und führte uns zurück zur Weidewirtschaft, nirgendwo durfte neu gebaut werden, Dächer wurden abgedeckt, um mehr Nistplätze für Vögel zu schaffen, es kam zu Zwangsumsiedlungen in Wagenburgen.

Heute fährt keine U-Bahn mehr, die Antimetaller haben die U-Bahntunnel geflutet und alle Autos stillgelegt (es gäbe allerdings auch weder Strom noch Benzin, um sie zu bewegen), während drüben im Osten selbststeuernde Automobile und Magnetschwebebahnen fahren. Nach Leipzig-Mitte ist die Schwebebahn angeblich nur siebenundzwanzig Minuten unterwegs. Wir hingegen gehen zu Fuß und heizen mit Abfällen. Holzfahrräder und Einbäume sind erlaubt, vegane Kleidung ist Pflicht.

West-Berliner, die noch eine andere Staatsbürgerschaft hatten, sind schon lange fortgezogen. Rückkehrprämien lockten türkischstämmige Berliner ins Boomland Erdogistan, es gibt keine Döner und keine vietnamesischen Restaurants mehr in Berlin, es gibt nur, was hier wächst: Gemüse. Immer wieder nur Gemüse. Überall Gemüse. Es wächst auf den Hängenden Gärten (die einmal Stadtautobahnen waren) und in Hochbeeten auf allen Plätzen und den Tempelhofer Feldern, überall wird biologisch und nachhaltig gegärtnert. Kaninchen finden viel zu fressen, werden aber nur heimlich gejagt, die Vegetaristen haben das totale Fleisch- und Tiertötungsverbot durchgesetzt. Nur die Grunewaldpartisanen scheren sich darum nicht, sie grillen auch Hunde. Es gibt ja genug, es gibt ungefähr hunderttausend wilde Hunde in der Stadt, Wald- und Straßenköter, die von den Haus- und Schoßhunden abstammen, die während der Analogunruhen von fliehenden Besitzern zurückgelassen wurden. Als die Analogunruhen vorbei waren, hatten die Bildschirmstürmer alle Fernseher und Computermonitore der Stadt zerschlagen. Die DDR sicherte sich in dieser Zeit die wertvollsten Bestände der Staatsbibliothek und die Schätze des Kunsthandwerkmuseums, kurz darauf brannte das Kulturforum ab, in dessen Ruinen ich hause. Der Wald ist dabei, sich das Gelände zurückzuerobern, Brombeeren und Pilze wachsen überall, Bienen summen herum. Seit es verboten ist, Bäume zu fällen, weil auch für Bäume Bürgerrechte gelten, wuchert alles zu.

In der DDR nahm die Selbstüberwachung der Bürger mit den aufkommenden Computer-Steckbriefalben dann ganz neue Züge an. Bald hatte jeder eine Seite im Netz und machte alles öffentlich, niemand wollte mehr Geheimnisse haben – dem Staat war das, so geht die Erzählung, sehr recht. Terminals standen überall, bald gab es transportable Geräte, und dann wollte jeder, auch Menschen im Westen, einen Robotron Boskop besitzen, Robotron Boskop, das Taschengerät für alle, das immer alles weiß. Und immer dabei sein kann. Robotron ist wohl Weltmarktführer – aber was weiß ich, ich lese ja nur altes Papier. Fetzen, die beim Brand der Staatsbibliothek übrig blieben.

»Überholen ohne einzuholen« – unsere Großeltern hatten über diesen Satz gelacht, und nun ist es ihnen doch gelungen. Der digitale Sozialismus hat gewonnen. Nicht nur Robotron, auch der Staatsbetrieb, der ursprünglich Raufasertapete für den Westen herstellte, wurde zum

Weltkonzern, weil ein sächsischer Ingenieur die Google erfand. Die Google war anfangs bloß eine Suchmaschine, die vieles im Netz finden und verbergen konnte. Heute weiß die Google einfach alles, weil jeder Nutzer ihr etwas verrät. Sie kann sich alles merken. Ursprünglich sollte die Google Kristallkugel beziehungsweise Kugel heißen – ihr Erfinder, der sächsische Ingenieur Erich Schmidt, sprach jedoch so undeutlich, daß alle immer Google statt Kugel verstanden.

Ich sitze jetzt auf einem umgestürzten Baumstamm nicht weit von der Mauer, die im Grunde unsichtbar ist, nur ein Leuchtband und ein mit Pestiziden kahl gehaltener Bodenstreifen markieren die Grenze. Ich könnte einfach hinübergehen, mir würde gar nichts passieren – wenn ich nur einen DDR-Chip implantiert hätte. Mittlerweile trägt jeder Bürger der Deutschen Digitalen Republik einen winzigen implantierten Near-Field-Communication-Chip mit individueller Kennung, der überall registriert wird, immer, überall, Neugeborene bekommen ihn in den ersten Lebensminuten eingesetzt. Trüge ich einen in mir, die unsichtbare Mauer würde mich erkennen und durchlassen. Ein NFC-Chip öffnet viele Türen, startet Selbstfahrerautos und Videospiele, ermöglicht Bezahlung und Grenzübertritte und identifiziert eindeutig. In der Deutschen Digitalen Republik ist jeder immer erkennbar.

Nicht wenige von denen, die noch hier in der Grünen Hungerrepublik ausharren, sind schon Bürger der Digitalen Republik. Ja, es war ein Geniestreich der DDR, dass sie Staatsbürgertum und Territorium entkoppelte. Fast jeder, egal wo er auf der Welt wohnt, kann Bürger der Deutschen Digitalen Republik werden. Er muss nur einer Chip-Implantierung zustimmen. So sind die besten Softwareingenieure Indiens, Indonesiens, Chinas Bürger der DDR geworden. Neubürger dürfen sich hocharbeiten, Bonuspunkte und Gratifikation können erworben werden. Vielleicht war das auch eine gute Idee der DDR: Ihren Bürgern das Leben als großes Videospiel zu verkaufen.

Hätte es nicht auch anders kommen können? Hätten die Digitalisten der Staatssicherheit damals im Frühjahr 1988 nicht geputscht – würde Erich Honecker noch immer regieren? Ohne die digitalen Reformen hätte die alte DDR ihren 40. Geburtstag wahrscheinlich nicht mehr gefeiert. Der Westen hätte den Kalten Krieg gewonnen. Wer weiß. Es gäbe vielleicht Strom, und ich müsste nicht nachts bis zur Mauer kriechen, um ein wenig Licht zu finden.

Die Sache mit dem Strom ist schwierig. Es gibt illegale Leitungen, es gibt versteckte Windkraftanlagen und Solarmodule – oft aber ziehen Anti-Strom-Fanatiker durch die Stadt und zerstören diese Anlagen, weil sie Stromstrahlen fürchten. Um den natürlichen Biorhythmus nicht zu stören und die Pflanzen und Tiere nicht zu irritieren, gilt sowieso ein allgemeines Nachtlichtverbot. Deshalb sitze ich hier an der Mauer, hier kann ich lesen, hier kommt Licht von drüben.

Rüber möchte ich trotzdem nicht. Ich bin gerne eine tote Seele. So nennen sie uns, tote Seelen, weil wir nicht registriert sind, weil es uns digital nicht gibt. Sie haben ja keine Ahnung.

Selim Özdoğan

Fitnessflüchtlinge

Sie sind doch alt genug, Sie müssen sich doch erinnern, diese Flüchtlingswelle damals, 2015. Das war so, als wäre ein Leck im Boot, aber keiner wollte es abdichten. Im Gegenteil, es wurden noch mehr Löcher gebohrt. Die Hinweise, dass das Schiff dann sinken werde, wurden als Panikmache abgetan. Den Warnenden wurde entgegengehalten, dass Wasser erwiesenermaßen notwendig zum Leben sei. Sie wurden als Wasserhasser diffamiert. Anstatt das Schiff abzuschotten, wurden mit jedem weiteren Loch Parolen ausgegeben. Wir schaffen das, sagte die Kapitänin. Willkommenskultur, sagte das Volk.

Damit das Wasser sich nicht so allein fühlte, wurde immer mehr Wasser eingelassen, einige jubelten und spendeten Becher. Das war, bevor alle nasse Füße bekamen.

Wir wären fast untergegangen, was da kam, sprengte unsere Kapazität. Es war zuviel für Deutschland, das weiß heute jedes Kind, wir sind getaumelt unter der Last, aber wir sind nicht zusammengebrochen. Und jetzt sollen wir das alles wiederholen?

Die anderen waren fremd und kriminell, und die neuen Asylanten sind unserer Kultur näher und deswegen keine Gefahr? Glauben Sie, was Sie da erzählen? Haben Sie mal nur einen kurzen Moment nachgedacht?

Die Flüchtlingswelle damals war abzusehen, die ist nicht so überraschend gekommen, wie getan wurde. Die UNO hat die Nahrungsmittelhilfe gekürzt, weil es keine Gelder mehr gab. Deutschland hat 2015 nur halb so viel in das Welternährungsprogramm eingezahlt wie 2014. Diese Fakten sind jedem zugänglich. Und nun wird erneut so getan, als hätten wir es mit einer Überraschung zu tun. Das hat sich doch abgezeichnet, Zucker, Maisstärke, gentechnisch manipuliertes Saatgut, Monsanto, Nestlé, Hershey, KraftFoods. Man hätte eins und eins zusammenzählen können. Natürlich sind die Konzerne nicht daran interessiert, dass die Menschen Sport treiben. Menschen, die Sport treiben, essen mehr, das ist wahr, aber sie essen die falschen Sachen. Sie wollen sich zu oft gesund ernähren, sie sind eine Wachstumsbremse für die Lebensmittelindustrie. Es war nur eine Frage der Zeit, bis die Lobbyisten ein Gesetz durchdrücken würden, das jeglichen Sport verbietet. Im Land der unbegrenzten Möglichkeiten. Nun suchen diese Sportler hier Asyl.

Sie werden verfolgt, Sie haben Recht, das ist kein Geheimnis, ihnen drohen hohe Strafen. Das zeigt uns schon allein der Fall Maria Rodriguez aus New York, die Kassiererin, die behauptet, nur zum Bus gerannt zu sein, die aber als Joggerin zu 18 Monaten Haft verurteilt wurde. Auch das ist keine Überraschung, die Gefängnisse stehen leer seit der bundesweiten Legalisierung von Marihuana und werden nun mit Sportlern gefüllt, denen es nicht erlaubt ist, in ihrer Zelle auch nur Liegestütze zu machen. Sie werden verfolgt, das ist richtig, aber wir können doch nicht alle hier aufnehmen. Die Medien sind voller Ablenkungsstrategien. Es wird über den möglichen Gewinn geredet. Über die paar Athleten, die man einbürgern kann und die dann vielleicht eine Medaille gewinnen oder mit ihrem Team eine Weltmeisterschaft. Das sind singuläre Erscheinungen. Diese Flüchtlingswelle wird schlimmer sein als die vorherige. Unter dieser Welle werden wir zusammenbrechen. Gewaschen werden, wie die Surfer sagen. Gewaschen werden und mit der Wucht des Wassers gegen eine Felswand geschleudert werden. Unsere Werte, unser Sozialgefüge, unser Wirtschaftssystem, unser Verkehr, alles wird zusammenbrechen, alles.

Bei den Flüchtlingen damals war die Aufregung über die Handys groß. Jetzt kommen Menschen mit Smartwatch, auf denen jede Menge Apps sind, die ihren Puls, ihren Blutdruck, ihren Kalorienverbrauch, ihre Bewegung, ihren Blutzucker, ihren Trainingsfortschritt messen. Wie werden die Deutschen Menschen begrüßen, die hier Asyl beantragen und eine Uhr am Handgelenk tragen, die mehr kostet, als eine Angestellte im Monat verdient.

Die Sportler sind eine verfolgte soziale Gruppe. Und somit nach der Genfer Flüchtlingskonvention berechtigt, hier Asyl zu beantragen? Ich bitte Sie. Was soll denn an Sportarten wie Surfen oder Tennis bitte sozial sein? Und sie könnten sich jederzeit aus dieser Gruppe herausbewegen, indem sie einfach mal still stehen oder sich auf das Sofa legen.

Die kulturellen Unterschiede sind nicht so groß, da wird eine Integration nicht so schwer fallen? Wer hat Ihnen denn so etwas aufgetischt? Und Sie haben es auch noch geschluckt. Die kulturellen Unterschiede sind immens. Sie hören doch, die ganzen Syrer, die Afrikaner, die Roma und was nicht noch alles, die damals hierher gekommen sind. Mehr als zehn Jahre hier und sie können gerade mal zwanzig Worte Deutsch. Glauben Sie, das wird mit Amerikanern besser? Weil die ja so gut in Fremdsprachen sind. Die werden nichts lernen, die werden uns hier überall ihr Englisch aufzwingen, die deutsche Sprache wird verunstaltet werden. Wir werden nicht mehr Wellness-Oase sagen dürfen, sondern nur noch Spa. Es wird nicht mehr Beamer heißen, sondern Projector, sie werden uns verbieten, das Wort Handy zu benutzen, so weit wird es noch kommen. Die kulturellen Unterschiede sind unüberwindbar. Kennen Sie einen einzigen großen amerikanischen Fußballspieler? Sind die ein einziges Mal Weltmeister geworden? Wir, wir waren fünfmal Weltmeister, das ist ein Teil unserer Identität, den sie uns nehmen werden. Fußball wird keinen Wert mehr haben, wenn uns diese Welle erstmal überrollt hat. Dann wird hier American Football gespielt. Und Baseball. Und Basketball. Niemand wird mehr wissen, wer Turnvater Jahn war.

Es geht hier nicht nur um Sport, das ist nur das, was die Lügenpresse Ihnen weismachen will, aber unsere gesamte deutsche Kultur ist in Gefahr, sie werden sich einsam und fremd fühlen im eigenen Land, das kann ich Ihnen versprechen.

Die werden joggen, die werden hier überall joggen. Das sind Asphaltjogger, die breite Straßen gewöhnt sind, die werden hier den Verkehr durcheinanderbringen, es wird für die Autofahrer kaum noch ein Durchkommen geben. Weder sind diese Menschen zu irgendetwas qualifiziert, noch wollen sie hier in das Wirtschaftsleben eingegliedert werden. Weil sie sich viel bewegen, wagt es kaum jemand, es laut zu sagen, aber nennen wir das Kind beim Namen: Sie sind faul. Sie wollen nur ihren Körper gesund halten, um damit anzugeben, aber nicht damit er Leistung auf der Arbeit erbringt. Sie wollen Ruhephasen zum Muskelaufbau. Dass ganz Deutschland dabei abbaut, interessiert sie nicht. Unser Sozialstaat, unsere Renten, unsere Zukunft, alles wird wegbrechen wegen diesen dem Körperkult verschriebenen Dumpfbacken, die auf dem geistigen Niveau von Vierjährigen sind.

Deutschland schafft sich ab, die Prognose war richtig; was Araber, Türken und Afrikaner begonnen haben, wird jetzt von den Amerikanern vollendet werden. Die werden mit den Sozialleistungen, die sie hier beziehen, in die Fitnessstudios stürmen und es wird keinen Platz mehr für uns Deutsche geben, auf dem Laufband, auf dem Stairstepper, an der Hantelbank. Wir werden uns ganz hinten anstellen müssen, während hirnlose Muskelpakete kaugummikauend ihre Körper auf unsere Geräte wuchten.

Von Gleichberechtigung zwischen Mann und Frau und den Rechten Homosexueller haben die ja auch noch nie etwas gehört, die Errungenschaften der modernen pluralistischen Gesellschaft werden hier infrage gestellt. Oder haben Sie etwa schon mal etwas von einem schwulen Footballspieler gehört? Oder gar von einer Frauenbaseballliga? Die haben ganz andere Werte als wir, die sind uns nicht kulturell ähnlich, das ist eine Mär, die hier in den Medien verbreitet wird. Die Gesellschaft wird eine massive Maskulinisierung erfahren, die Frauen, die in Amerika Sport machen, eifern ja ausschließlich männlichen Werten nach.

Sie werden Deutschland umkrempeln, das intellektuelle Leben ist massiv bedroht und mit ihm unsere gesamte Leitkultur. Wie weiland im Peloponnesischen Krieg wird Sparta als Sieger hervorgehen und mit dem Untergang Deutschlands wird das Ende des goldenen Zeitalters der Aufklärung eingeläutet werden. Sie sind jung genug, wenn Sie nicht jetzt etwas dagegen tun, werden Sie das Trauerspiel noch miterleben.

Selim Özdoğan, geboren 1971 in Köln als Kind türkischer Wirtschaftsflüchtlinge, veröffentlichte 1995 sein erstes Buch »Es ist so einsam im Sattel, seit das Pferd tot ist«. Zwischen diesem und dem Roman »Wieso Heimat, ich wohne zur Miete«, der im Frühjahr 2016 erscheint, liegen zahlreiche Veröffentlichungen.

Florian Wacker

Transit

Uwe blieb vor dem Hotel stehen und sah an der grauen Fassade hinauf. Das Ding glich mit seinen großen Fenstern und den Gardinen eher einem dieser alten Verwaltungsgebäude, die jetzt überall leer herumstanden und die Innenstädte verstopften. Nur in zwei Zimmern brannte Licht. Er drückte die Zigarette in die Aschenbechersäule und ging hinein. Ein Getränkeautomat brummte in der Ecke, über der Rezeption flackerte eine Leuchte. Er hörte leise Schritte, aber niemand war zu sehen. Er stellte seine Tasche ab und wartete einige Augenblicke. Noch immer konnte er das Vibrieren des Lkws in den Armen spüren, noch immer war er draußen auf der Bahn und hielt das Lenkrad, während vor ihm schon seit einer guten Stunde das Heck eines polnischen Spediteurs schwankte.
»Ein Einzelzimmer«, sagte er, als die Frau im Durchgang erschien und vor dem Tresen stehen blieb.
Sie nickte. Vom Sonnenuntergang war hier drinnen nichts mehr zu merken, die Frau wirkte müde.
»Wollen Sie Frühstück?«, sie hob den Kopf, sah ihn an. Uwe nickte. »Dann kommen nochmal sieben fünfundneunzig dazu.«
Sie gab Uwe den Schlüssel und den Frühstückscoupon, wünschte ihm eine gute Nacht. Uwe lächelte. Sie hatte ja

keine Ahnung. Er nahm den Schlüssel und seine Tasche und ging. Die Tür bekam er nicht sofort auf, drehte den Schlüssel, versuchte es wieder. Dann bemerkte er, dass die verwischte zweite Zahl auf dem Schlüsselschild keine Drei, sondern eine Acht war.

Ellen fühlte sich krank, seit sie es wusste. Trotzdem hatte sie nicht abgesagt. Sie hatte wie jeden Tag geduscht, sich zwei Salamibrote eingepackt und war dann los Richtung Autobahn. Sie hatte von Rolf zwei aktuelle Buchungen übernommen und ins System eingetragen und sich dann am Hintereingang die erste Zigarette angezündet. Es war ein milder Abend. Die Autobahn brummte wie eine Maschine. Nach dem vierten Zug wurde ihr schlecht und sie warf die Kippe weg. Sie verschränkte die Arme vor der Brust und versuchte sich Maiks Gesicht vorzustellen. Aber sie bekam es nicht hin, sie sah nur seinen glänzenden Schädel, wie sie ihn immer auf dem Platz sah, wenn sie zu seinen Spielen kam. Ellen ging wieder hinein, blätterte durch den Kalender und starrte dann einige Zeit auf den kleinen Fernsehschirm, starrte durch die Bilder hindurch ins Innere des Apparats, dort wo die Drähte zusammenliefen und sich das Licht bündelte.
Sie konnte den Gast draußen hören, hörte, wie die Tür ins Schloss fiel, dann waren Schritte auf dem dunklen Teppich. Aber sie bewegte sich nicht. Sie musste daran denken, dass sie heute vielleicht das letzte Mal hier arbeitete, und die Tränen schossen ihr in die Augen. Sie biss sich auf die Lippe, riss sich zusammen. Der Mann hatte

nicht reserviert, aber sie waren sowieso nie ausgebucht. Sie nahm seine Daten auf, buchte ein Frühstück dazu und legte ihm den Schlüssel hin.

»Schlafen Sie gut«, sagte sie. Sie hatte so etwas noch nie zu einem Gast gesagt und erschrak jetzt, aber der Mann drehte sich wortlos um und ging davon. Ellen stand noch eine Weile hinter dem Tresen und rührte sich nicht.

Adil wartete. Er sah hinüber zum Eingang, beobachtete die erleuchteten Fenster. Hinter den geschlossenen Gardinen konnte er vage Umrisse erkennen, Bewegungen. Wieder krampfte sein Magen, und er schnappte nach Luft. Er wusste nicht, wann er das letzte Mal etwas gegessen hatte, irgendwann am Mittag musste es gewesen sein. Da hatte er noch nichts geahnt, da war er noch voller Zuversicht gewesen. Die ersten beiden Tage auf der Baustelle, endlich die Aussicht auf Geld, auf ein Leben in einer eigenen Wohnung, ein eigenes Auto, Kino, Fußball und Pizzaessen. Er sammelte Speichel im Mund und schluckte ihn herunter. Manchmal half es. Aber nach der blinden Flucht durch die Wiesen, entlang der Reihenhaussiedlungen, spielte sein Körper langsam nicht mehr mit. Die Beine zitterten, er knetete seine Finger.

Adil nahm den Kopf hoch. Kein Mensch war zu sehen. Er musste es versuchen. Geduckt lief er auf den Weg, dem Eingang zu. Leichter als gedacht drückte er die Tür auf und schob sich hinein. Auch hier war alles verlassen. Er hörte einen Getränkeautomaten brummen, sein Magen gluckste. Er schlich weiter, zur Rezeption, richtete sich kurz auf und sah sich um. Dann hörte er hinter sich die Tür klacken, er zuckte zusammen, lief geduckt zur Treppe und hinauf in den ersten Stock. An die Wand gelehnt holte er Luft. Er konnte jetzt Stimmen hören, die Stimme einer Frau und die Stimme eines Mannes. Er lauschte dem dunklen Rhythmus ihrer Worte, diesem fremden, harten Klang. Er sah den Gang hinauf. Er musste endlich was in den Magen kriegen, irgendwie.

Uwe warf seine Tasche auf den Stuhl und hockte sich aufs Bett. Das Zimmer war nicht übel, zumindest nicht so schlimm, wie der Blick von außen vermuten ließ. Gegenüber dem Bett hing der Fernseher an der Wand. Er hatte gelernt, die Einsamkeit zu ertragen, aber an einem solchen Tag hielt er es kaum aus, da drückte es ihm die Kehle zusammen. Er stand auf und holte das Geschenk aus der Tasche. Dann nahm er sein Telefon und rief an. Als er die Stimme hörte, wusste er nicht, was er sagen sollte. Es kam ihm vor, als hätte ihm jemand ins Gesicht geschlagen. Er ging ans Fenster, starrte hinaus, wo zwischen den Bäumen noch die Tankstelle zu sehen war. Papa, Papa, hörte er Simon am anderen Ende piepsen. Uwe holte Luft, lehnte den Kopf an die Scheibe.

»Ich hab dir was gekauft«, sagte er und schüttelte die Packung, »hörst du das? Wenn ich wieder da bin, bauen wir es zusammen.«

Ich will es aber jetzt bauen, quengelte Simon.

»Wir bauen es, wenn ich komme«, sagte Uwe. »Sind Oma und Opa auch da? Gibt es Schokokuchen mit Smarties?«

Nachdem Uwe aufgelegt hatte, wusste er nicht, wohin mit sich. Er legte die Packung zurück in die Tasche und ging im Zimmer auf und ab, ins Bad und wieder zurück. Er hatte keinen Hunger. Er setzte sich wieder und fuhr sich übers Gesicht. Hier drin war nicht mal mehr die Autobahn zu hören, nicht das leiseste Geräusch. Jemand rüttelte von außen an seiner Tür. Er hörte ein leises Scharren, dann Schritte, er stand auf und öffnete. Der Flur lag im dämmrigen Halbdunkel vor ihm. Aus einem der Zimmer waren Fernsehgeräusche zu hören, niemand war zu sehen.

Adil bewegte sich vorsichtig, in geduckter Haltung. Er bewegte sich leise von Tür zu Tür, lauschte. Noch immer hörte er die Rufe des Vorarbeiters: Police, get out, get out! Er war den anderen gefolgt, hatte sich im Rennen die Weste abgestreift und den Helm zur Seite geschleudert. Entlang des Bauzauns, dann durch eine Lücke raus auf die Straße und rüber auf die Wiese. Hinter sich hörte er laute Stimmen, jemand schrie, fluchte. Ohne sich umzusehen, hatte er das Waldstück erreicht und sich dort, an einen Baum gelehnt, erbrochen. Niemand war ihm gefolgt, die Baustelle war nicht mehr zu sehen. Er konnte nicht mehr zurück, er musste eine andere Möglichkeit suchen. Noch immer spürte er die Panik im Körper, ein sanftes Kribbeln in den Fingern. Die Rezeption war unbesetzt. Adil richtete sich auf, sah sich noch einmal um, dann ging er hinüber. Er beugte sich über den Tresen und sah die Brotdose neben der Tastatur liegen. Er streckte den Arm aus.

Dann sah er die Frau aus den Augenwinkeln. Sie stand in der Tür zum Büro und starrte ihn an. Adil packte die Dose und zog die Hand zurück. Die Frau öffnete den Mund, als wolle sie losschreien, aber sie schrie nicht.
»Ich habe Hunger«, sagte Adil, »es tut mir leid.«
Er richtete sich auf und rannte, stieß die Türe auf und verschwand zwischen den Büschen.

Ellen legte beide Hände auf ihren Bauch und sah an sich herunter. Sie konnte es sich einfach nicht vorstellen. Auch wenn der Arzt gelächelt hatte, auch wenn sie das Bild gesehen hatte, den winzigen weißen Punkt in der dunklen Höhle. Sie dachte jetzt wieder an Maik. Sie versuchte sich an seine Augen zu erinnern. Schon ein paarmal hatte sie den Hörer abgenommen, dann aber schnell wieder aufgelegt. Sie wusste, dass er noch beim Training war mit den alten Kumpels. Die Mannschaft hielt zusammen, obwohl die meisten ihre Jobs an den Hochöfen und in den Stahlwerken verloren hatten und niemand genau wusste, wie es weitergehen sollte. Maik hatte immer davon geträumt, Fußballprofi zu werden, jetzt schickte ihn eine Zeitarbeitsfirma zu Abrissarbeiten in die stillgelegten Werke. Am meisten Angst hatte sie davor, dass er gar nichts sagen würde, vielleicht mit den Schultern zuckte oder etwas brummte wie: Das ist jetzt dein Problem. Sie sah über die Felder. Im Sommer wurde es nie ganz dunkel, über ihr taumelten Fledermäuse durch die Luft.
Sie ging wieder hinein, trank einen Schluck Wasser und wollte sich setzen, als sie an der Rezeption ein Geräusch

hörte. Sie stand auf. Als sie den Jungen sah, der über den Tresen gebeugt nach ihrer Dose fingerte, hätte sie fast losgelacht. Der sah nicht wie ein Gast aus, nicht mal wie einer aus der Gegend. Er sagte etwas zu ihr in einer Sprache, die sie nicht kannte. Vielleicht war es türkisch oder arabisch. Sie rührte sich nicht. Dann rannte der Junge weg, mit ihren beiden Salamibroten.

»He du«, rief sie, obwohl es sinnlos war. Sie hatte nicht vor, ihm hinterherzurennen. Rainer war vor ein paar Jahren mal von zwei Halbwüchsigen überfallen worden.

»Alles klar hier unten?« Ellen zuckte zusammen. Der Gast von vorher stand an der Treppe und lehnte sich ans Geländer.

»Der hat was geklaut«, sagte sie, »so ein Junge.«

Dann nahm sie den Hörer ab und wählte die 110.

Uwe hörte die Frau etwas rufen. Er konnte nicht verstehen, was es war, aber ihre Stimme klang schrill, so, als bräuchte sie Hilfe. Er ging schneller, stolperte die Treppen hinunter, hielt sich am Geländer im Gleichgewicht. Eigentlich hatte er nochmal rausgewollt, Luft schnappen, ein paar Schritte gehen. Jetzt starrte ihn die Frau an wie einen Dieb, ihre Haut schimmerte bleich unter der Leuchte. Sie hatte geschrien, und Uwe wollte ihr helfen, er wollte ihr beistehen. Wenn ich schon nicht bei Simon bin, dachte er und ging auf die Rezeption zu, wenn ich schon mal hier bin. »Ein Junge?«, sagte Uwe und sah sich um, aber außer ihnen war niemand zu sehen. Warum sollte ein Junge hier ins Hotel kommen und klauen?

Er sah die Frau an, sah ihr schmales Gesicht, aber da war noch etwas anderes, in ihren Augen, da war ein seltsames, lebendiges Leuchten, als habe jemand in ihrem Schädel ein Licht angeknipst.

»Geht es Ihnen gut?« Uwe lehnte sich an den Tresen. Der Smirnow hatte ihn mit voller Wucht erwischt, der Zitronengeschmack täuschte. »Soll ich nachsehen, nach dem Jungen?«

»Er war da, direkt vor mir«, sie ging zwei Schritte zurück, deutete auf den Tisch. »Da lag die Dose, da stand ich. Ich glaub, der war Araber oder Türke oder so.«

Uwe nickte. Er ging zur Tür, zog sie auf und sah in die Nacht hinaus. Die Autobahn summte in der Ferne. Im Licht der Laterne zitterten Mücken.

»Da ist niemand«, er schloss die Tür wieder und schob sich eine Hand in die Hosentasche. »Da ist kein Junge.«

»Glauben Sie, ich spinne?«, Ellen kam um den Tresen herum, blieb vor dem Mann stehen. »Der Junge war da. Hier stand er. Und er hat was mitgehen lassen.«

Sie strich sich eine Strähne aus dem Gesicht. Es gab keinen Grund, sich zu rechtfertigen. Es war ein Junge gewesen, vielleicht vierzehn, vielleicht fünfzehn Jahre alt, und er hatte etwas zu ihr gesagt. Die Blicke des Mannes kreisten um sie. Sie kannte diese stieren Blicke, die sie nicht für voll nahmen, die sie heruntermachten zu einer unbedeutenden Angestellten in einem billigen Autobahnmotel. Sie sah sich im Glas der Tür gespiegelt, eine schmale Person in Jeans und weißem Shirt. Ihre Brüste kamen ihr größer vor, obwohl das noch gar nicht sein konnte.

»Ich wollte nur helfen«, sagte der Mann und ging an ihr vorbei zum Getränkeautomaten.

Vielleicht ist es gut, bald nicht mehr hier arbeiten zu müssen, dachte sie, keine Nachtschichten mehr alleine zu machen. Jetzt, wo sie es wusste, wo es das Bild gab und das Lächeln des Arztes. Sie band ihre Haare zu einem Zopf zusammen und wartete auf die Beamten.

Sie versuchte, den Jungen zu beschreiben, einer der beiden machte Notizen, der andere sah sich um, sprach mit dem Mann, der in der Sitzgruppe eine Cola trank.

»Gab heute Nachmittag mehrere Razzien auf Baustellen«, sagte der Beamte und steckte seinen Notizblock wieder ein. »Da sind einige abgehauen, wahrscheinlich Iraker. Vielleicht wars einer von denen.« Dann gingen sie wieder.

Ellen war müde und ein klein wenig wütend. Der Mann bot ihr eine Zigarette an und sie gingen vor die Tür.

»Ich bin Uwe«, sagte er. »Mein Junge hat heute Geburtstag. An so einem Tag gönn ich mir ein Zimmer. Mein Schlepper steht da hinten.«

Ellen nickte und lächelte schmal. Die Stimme des Mannes war wie ein vertrauter Klang, etwas, an das sie sich gern erinnerte.

Er würde nicht zurückgehen, niemals. Und wenn sie ihn zurückschickten, würde er es wieder versuchen, wieder und immer wieder. Ahmad hatte gesagt, dass sie gar nicht

in den Irak zurückgebracht werden könnten, sondern
nur wieder nach Griechenland, wo man sie aufgegriffen
und registriert hatte. Adil glaubte ihm nicht und drehte
sich auf der Matratze der Wand zu. Er hörte die anderen
atmen. Es war unglaublich warm, die Luft stickig. Er
träumte schon seit Wochen nichts mehr, seit er Basra verlassen
hatte. Auf den Lkws verschwammen im Gedränge
die Gesichter seiner Familie, seines Vaters, seiner Mutter
und seiner Brüder. Wie auf einer Leinwand war die
immer gleiche Landschaft vorbeigezogen, als drehten sie
sich nur im Kreis.

Adil schlang die beiden Brote herunter, warf die Dose ins
Gebüsch. Er würde nicht zurückgehen, nicht jetzt, da er
schon so weit gekommen war. Er sah über den Parkplatz
zu den Lkws, die wie ausgestreckte Hunde im körnigen
Licht lagen und schliefen. Er kniff die Augen zusammen.
Sein Magen beruhigte sich, das Zittern in seinen Beinen
ließ allmählich nach. Er beobachtete den Streifenwagen
auf dem Parkplatz, wartete in seinem Versteck, bis die
beiden Beamten eingestiegen waren und der Wagen zurück
auf die Autobahn fuhr. Dann lief er los, hinüber zu
den Aufliegern. Er löste zwei Spanngurte, hob die Plane
an und kroch in den Frachtraum zwischen die Paletten.
Es war stickig und roch nach Plastik. Er kauerte sich zwischen
zwei Kisten, zog die Beine an den Körper, lehnte
den Kopf gegen das Holz und starrte ins Dunkel. Er sah
es jetzt vor sich: Das schillernde Wasser der beiden Flüsse,
die Trapezsegel der Dhaus und die wuchtigen Körper der
Containerschiffe. Er wusste nicht, ob ihn ein besseres Le-

ben erwartete, aber er musste es glauben. Jetzt musste er daran glauben.

Ellen erzählte Rolf kurz von dem Vorfall mit dem Jungen. Sie tranken noch einen Kaffee zusammen, Ellen checkte zwei Reisende aus. Einer von ihnen war Uwe. Er sah schlecht aus, als habe er die halbe Nacht nicht geschlafen. Er hatte die Tasche geschultert und sich die nassen Haare nach hinten gekämmt.

»Wo gehts denn noch hin?«, fragte Ellen, als sie den Schlüssel entgegennahm.

»Bremen«, sagte Uwe.

»Und wann sind Sie zu Hause, bei ihrem Jungen?«

»In zwei Tagen, wenns gut läuft«, er lächelte.

»Dann gute Fahrt, und danke.«

Er tippte sich mit zwei Fingern an die Stirn und ging, blieb in der Türe nochmal stehen.

»Alles Gute«, sagte er.

Ellen trank ihren Kaffee. Maik hatte ihr eine SMS geschickt: Lust auf Frühstück? Sie hatte einen Bärenhunger und schickte einen Smiley zurück. Dann würde sie es ihm sagen. Dann würde sie ihm den weißen Punkt in der dunklen Höhle zeigen. Sie winkte Rolf zu, lief schnell über den Parkplatz zu ihrem Corsa und fuhr in hohem Tempo zurück auf die Autobahn.

Uwe warf die Tasche ins Führerhaus, zog die Handschuhe aus dem Gerätekasten und begann seinen Kontrollgang um den Auflieger. Er hatte kurz und traumlos geschlafen. Aber das Hotel würde er sich merken und hier bei seiner nächsten Tour wieder Halt machen. Vielleicht würde er sie wiedersehen. Er grinste und sah auf seine nackten Zehen in den Schlappen. Wenn es gut lief, war er in zwei Tagen zu Hause. Er hatte das Ende des Aufliegers erreicht und sah hinüber zum Hotel. Ein verlassener Ort, an dem es aber trotzdem noch so etwas wie Trost gab, ein klein wenig Erlösung. Er ging weiter, sah, dass zwei Spanngurte lose waren und überlegte kurz, im Frachtraum nachzusehen, nach was auch immer. Dann schlang er die Gurte aber nur wieder durch die Ösen und zog sie fest. Er hatte keine Zeit zu verlieren. Er musste weiter.

(aus: Florian Wacker, »Albuquerque«, mairisch Verlag 2014)

Florian Wacker, geboren 1980 in Stuttgart, lebt in Frankfurt am Main. Studium der Heilpädagogik und am Deutschen Literaturinstitut Leipzig. Verschiedene Auszeichnungen, zuletzt: Limburg Preis 2015, Arbeitsstipendium der Kunststiftung Baden-Württemberg 2014. Im Sommer 2015 erschien sein Debütroman »Dahlenberger« im Verlagshaus Jacoby & Stuart.

Benedict Wells

Das Grundschulheim

Niemand von uns war freiwillig hier. Niemand von uns verstand, dass er nicht freiwillig hier war. Wir waren alle sechs Jahre alt, als wir ins Heim kamen, und zu jung, um solche Fragen zu stellen.

Wir hätten auf den ersten Blick unterschiedlicher nicht sein können. Manche waren hier, weil es zu Hause finanzielle und gesundheitliche Probleme gab und die alleinerziehenden Mütter oder Väter überfordert waren. Einer kam aus der »ehemaligen DDR«, was immer das bedeutete, ein anderer war dunkelhäutig und mit seiner Familie vor irgendeinem Krieg in einem anderen Land geflohen. Da wir als Kinder nichts davon begriffen, weder den Krieg noch die »ehemalige DDR« noch die Probleme zu Hause, spielte das alles keine Rolle für uns. Wir schliefen zu sechst in einem Zimmer, für Fremdheit gab es ohnehin keinen Platz.

Mein Bett war in der Ecke, gleich neben dem Gemeinschaftsschrank. Poster aus Staffette und Bravo Sport an der Wand, Zeichenblock und Comics auf dem Nachttisch. Jeden Morgen um halb sieben wurden wir geweckt. Gemeinsames Zähneputzen im Duschraum. Erstes Gelächter und laute Stimmen, durchdrungen von Vorfreude auf den Schultag. Es war ein staatliches Internat, liebevoll aber ärmlich, beim Frühstück gab es nur jeden zweiten Tag Salami und Käse, an den anderen Tagen Butter und Marmelade. Wie früher bei den Lustigen Taschenbüchern, bei denen auf zwei farbige Seiten immer zwei schwarz-weiße folgten. Es machte uns nichts aus. Ein Kind sieht nicht den bröckelnden Putz an den Wänden, sondern den Automat daneben, an dem man für siebzig Pfennig Kakaotüten ziehen kann.

Wir sechs Jungen in unserem Jahrgang wurden schnell eine verschworene Gemeinschaft. Jeder hatte seine Rolle. Der eine unterhielt nachts mit Geschichten oder hatte sich in Schlägereien bewährt. Der andere bekam Pakete von zu Hause mit Süßigkeiten, die er großzügig verteilte, und konnte bei Hausaufgaben helfen. Der dritte dachte sich Spiele und Streiche aus und war ein guter Tröster. Es interessierte keinen, woher man kam oder wer man war, nur was man tat und was man konnte. Nach dem Mittagessen spielten wir im Wald Szenen aus Filmen und Büchern nach oder schossen auf dem Sportplatz Tore für unsere Lieblingsmannschaften, ehe wir zur Lernzeit ins Heim zurückmussten. Nach den streng überwachten Hausaufgaben gab es Abendessen, gegen acht ging es dann ins Bett.

Wenn die Nacht sich über das Internatsgelände senkte, wurde uns die Landschaft manchmal unheimlich. Dann blickten wir vom Fenster auf den Wald, der in der Dunkelheit verborgen lag, und fühlten uns beklommen und einsam. Das Heimweh verschwand wieder, wenn ein aufmunternder Brief der Mutter eintraf, dass es ihr langsam besser gehe, oder ein liebevolles Päckchen des Vaters, mit einem neuen Schlafanzug, Spielsachen und einer Karte, die man mehrmals las.

Mit sieben bekamen wir eine neue Erzieherin, die wir sehr mochten. Nach einer Weile fragte sie schüchtern, ob jemand vor dem Schlafengehen ein »Gutenacht-Bussi« wolle. Alle rissen die Arme hoch. Die Erzieherin ging reihum durchs Zimmer, von einem Bett zum nächsten. Verstohlen wartete jeder von uns darauf, dass sie endlich zu ihm kam, und wenn sie einen dann auf die Stirn küsste, schaute man mit einem verlegenen Grinsen weg. Es wurde fortan unser ureigenes Ritual, unser »Gute Nacht, ihr Prinzen von Maine, ihr Könige von Neuengland«.

Wenn die Erzieherin das Licht gelöscht hatte, wandelte sich das Internat, und auch wir verwandelten uns. Manche Jungen, die den ganzen Tag laut und selbstsicher aufgetreten waren, wirkten plötzlich verletzlich. Andere, stillere hörte man erst jetzt reden und nahm sie ganz anders wahr. Die Nacht gehörte uns. Es war die Zeit, in der wir Kassetten zum Einschlafen hörten und miteinander redeten. In der wir uns Geschichten ausdachten und Witze erzählten und manchmal so laut dabei lachten, dass es uns fast zerriss. In der die anderen schließlich einschliefen und ich meistens noch wach lag, ein Buch nahm und mich damit auf der Toilette einschloss, bis ich endlich müde genug war. In der manchmal einer von uns weinte, ein anderer ihn tröstete und die restlichen Kinder so taten, als schliefen sie.

Hin und wieder bekamen wir neue Mitschüler, die ein besonders schweres Schicksal zu tragen hatten, über das jedoch fast immer geschwiegen wurde. Heute kann ich wie ein mittelmäßiger Detektiv die Hinweise deuten; die blauen Flecken des einen, die nie schreibenden Eltern des anderen, die unfassbare Armut des dritten. Damals konnte ich es nicht. Wenn wir von Zuhause erzählten, waren es immer fantastische Lügen. Jeder von uns hatte einen Vater, der Millionär war, wohnte in einer Villa mit Pool, reiste in den Ferien durch die Welt, war also offenbar rein zufällig hier gelandet. Den einen Jungen von uns, der mit dem Mitarbeiter des Jugendamts zweimal im Jahr Spielsachen kaufen durfte, weil er schlicht gar nichts hatte, beneideten wir um diese zwei Tage, statt darüber nachzudenken, was das bedeutete und dass wir offenbar besser dran waren.

Wir liebten den Herbst und den Winter, wenn wir am St. Martins Tag mit selbst gebastelten Laternen einen Umzug machten und danach ein Eis bekamen. Wenn wir mit den schartigen Schlitten Wettrennen fuhren, den Hügel hinab. Wenn wir jeden Mittwoch heiße Milch mit Honig machten und in Decken gehüllt zuhörten, wie uns die Erzieherin aus Preußlers »Krabat« und Lindgrens »Mio, mein Mio« vorlas. Wir liebten den Frühling und den Sommer, wenn wir am Lagerfeuer saßen und uns Gruselgeschichten ausdachten, die nie wirklich gruselig waren. Wenn wir im nahegelegenen See badeten und später mitsangen, wenn unsere Erzieherin »What Shall We Do With The Drunken Sailor« auf der Gitarre spielte.

Wir kamen in die dritte Klasse und begannen uns für die
Mädchen zu interessieren, die in einem Gebäude nebenan wohnten. Auch sie hatten ihre Geschichten, die wir
jedoch noch nicht kannten, was sie umso spannender
machte. Es gab erste Küsse, die schnell großes Gesprächs-
thema waren, und Liebesbriefe, auf denen man »Nein«,
»Ja« und »Vielleicht« ankreuzen konnte. Ich kreuzte fast
immer »Vielleicht« an. Das Heim ging in eine Hauptschule über, weshalb die ältesten Schüler auf dem Gelände die
Neuntklässler waren, die hier ihren »Quali« machten. Sie
wirkten auf uns so erwachsen und reif, und wenn sie von
ihren zukünftigen, meist handwerklichen Berufen sprachen, bewunderten wir Jüngeren sie sehr.
Wir waren oft grausam zueinander. Wir kannten die
Schwächen des anderen, die geheimen verwundbaren
Stellen, und manchmal überkam es uns und wir schlugen
zu. Das Grundschulheim war ein Ort ohne Eltern und
deshalb auch ohne gewisse Regeln. Es war wichtig, sich
zu wehren. Nie in meinem Leben habe ich mich öfter
geprügelt, mich besinnungsloser auf jemanden gestürzt
und ihn zu Boden gerissen. Wir brachten einander zum
Weinen, reizten einander bis zur äußersten Wut und ver-
trugen uns schon Stunden später wieder. Wir konnten so
weit gehen, weil wir wussten, dass wir einander trotzdem
nie ganz verlieren konnten. Wie Geschwister. Und wir
ließen nie jemanden zurück. Wir waren anders als die
Kinder, die bei ihren Eltern wohnten und mit denen wir
tagsüber zur Schule gingen. Manchmal freundeten wir
uns mit ihnen an, aber nie zu sehr. Weil wir sie nicht ver-

standen, und sie uns nicht. Weil die anderen Kinder seit Jahren nach der Schule zu ihren Familien zurückgingen und wir auf unser Gemeinschaftszimmer.

Am schönsten waren die Wochenenden. Die, an denen man endlich nach Hause durfte und dort verwöhnt wurde. Und an deren Ende man dann doch jedes Mal wieder ins Internat zurückfuhr und bedrückt aus dem Fenster sah, wie die Landschaft in der Dunkelheit verschwand. Und die, an denen man mit den anderen Kindern im Heim blieb, an denen es abends einen Disney-Film gab, und zum Mittagessen oft Pommes mit Chicken McNuggets. Zwar nur Internats-Chicken-McNuggets, aber immerhin. Zu besonderen Anlässen machten wir Ausflüge zum Weihnachtsmarkt, auf ein Volksfest oder ins Kino, und dann waren auch die Mädchen dabei, was uns jedes Mal in Aufruhr versetzte. In Wahrheit war uns das Heim längst ein Zuhause geworden. Wir haben es im Stillen geliebt, und ich glaube, damals hatten wir alle das Gefühl, es würde ewig so weitergehen.

Als wir die vierte Klasse beendeten, trennten sich unsere Wege. Es kam ganz plötzlich, wir hatten vorher nie wirklich darüber nachgedacht. Manche kamen aufs Gymnasium, wieder in ein Internat, manche wechselten auf die Real- oder die Hauptschule, wir alle landeten an verschiedenen Orten, weit voneinander entfernt. Wir hatten uns vier Jahre lang beinahe jeden Tag gesehen, jede Nacht. Wir hatten uns besser gekannt als alle anderen, hatten uns geschworen, für immer Freunde zu bleiben, doch wir sahen einander nie wieder.

Wir waren wohl einfach zu jung, um unsere Freundschaften halten zu können. Und doch denke ich noch oft an die anderen. Ich denke an ihre Geschichten und Eigenheiten, an ihre Gesichter und ihren Platz im Schlafsaal. An unsere nächtlichen Unterhaltungen, wenn das Heim nur uns zu gehören schien. Und dass wir in solchen Momenten recht gehabt hatten, wenn wir das Gefühl hatten, glücklich zu sein.

Benedict Wells wurde 1984 in München geboren. Nach dem Abitur 2003 zog er nach Berlin. Dort entschied er sich gegen ein Studium und widmete sich dem Schreiben. Seinen Lebensunterhalt bestritt er mit diversen Nebenjobs. Sein viel beachtetes Debüt »Becks letzter Sommer« erschien 2008, es wurde mit dem Bayerischen Kunstförderpreis ausgezeichnet und fürs Kino verfilmt. Sein dritter Roman »Fast genial« stand monatelang auf der Bestsellerliste. Nach Jahren in Barcelona lebt Wells inzwischen wieder in Berlin.

Matthias Sachau

Am Rand

Als er die Augen öffnete, blickte er auf einen See. Er wusste nicht, ob er geschlafen hatte. Oder was sonst mit ihm passiert war. Geschlafen schien ihm bei näherer Betrachtung unwahrscheinlich, denn er saß aufrecht im Gras. Der See war riesig. Das andere Ende war von hier nicht zu sehen, nur ganz in der Ferne ein aufragender Gebirgszug. In seinem Rücken standen Häuser. Eine kleine Stadt oder auch nur ein Dorf, er konnte es von seinem Platz aus nicht näher bestimmen. Ein paar Meter neben ihm führte eine abschüssige Straße in den See hinein. Daneben dümpelten zwei kleine, an Pfählen festgebundene Holzkähne auf dem Wasser. Wenn er sich umsah, erblickte er hin und wieder Menschen, die sich zwischen den Häusern und dem See herumtrieben, meist einfach gekleidete Frauen mit Kopftüchern, die Dinge herumtrugen. Manchmal riefen sie sich Dinge in einer Sprache zu, die er nicht verstand. Und einmal erschien kurz ein Auto. Gelb, ziemlich alt, undefinierbare Marke.

Er machte die Augen zu und öffnete sie wieder. Nichts hatte sich verändert. Wo zur Hölle war er? Und wie hatte es ihn hierher verschlagen? Eben hatte er noch … er wusste es nicht mehr.

Mit beiden Händen befühlte er seine Hosentaschen. Keine Brieftasche, kein Handy, keine Papiere. Wo auch immer er war, es würde anstrengend werden, hier wieder wegzukommen. Vielleicht würde es sich lange hinziehen. Es kam auf das Land an. Er hatte den kurzen Impuls aufzustehen und das unangenehme Anstrengende sofort in Angriff zu nehmen. Dann hörte er wieder jemanden in der fremden Sprache sprechen und mit einem Schlag war seine Kraft fort. Lieber noch etwas ausruhen.

Ein Bauchgefühl sagte ihm, dass er in Russland war. Die Frauen, der See, die Landschaft, die Beschaffenheit der Häuser, das alte Auto, all das könnte man einem gut als Russland verkaufen. Aber was wusste er schon. So weit konnte man gar nicht in der Welt herumgekommen sein, dass man dieses Nest hier kannte. Er war niedergeschlagen. Möglichst lange nicht aufstehen, nichts tun, ein anderes Ziel gab es gerade nicht für ihn. Das Wetter war in Ordnung, er war weder hungrig noch durstig, also warum?

Hin und wieder spürte er, dass Leute ihn beäugten. Mehr geschah nicht. Dass ein Fremder am Seeufer saß, schien kein besonderes Ereignis zu sein. Vielleicht tauchten hier öfter Fremde am Seeufer auf? Und vielleicht verschwanden sie bald wieder genauso unvermittelt? So dachte er, während Bilder von seiner Familie, seiner Stadt und seinem Haus vor seinem inneren Auge vorbeizogen. Er klammerte sich daran, dass der Gedanke, den er gerade gehabt hatte, zutraf. Die Leute machten kein Aufhebens um sein Erscheinen, sagte er sich vor. Das musste doch zwangsläufig bedeuten, dass er bald wieder verschwinden würde. Dahin, wo er hergekommen war, wohin sonst?

Zeit verging. Stunden? Er wusste es nicht. Bestimmt Stunden. Frauen kamen mit Körben und begannen Wäsche im See zu waschen. So etwas kannte er nur aus den Märchenfilmen seiner Kindheit. Nur dass sie bunte Plastikflaschen mit Waschmittel dabeihatten. War er nicht nur aus seinem Ort herausgeschleudert worden, sondern auch aus seiner Zeit? Das ging doch gar nicht, versuchte er sich zu beruhigen. Und außerdem das Auto. So alt war es nun auch wieder nicht gewesen. Er musste nur ein paar Schritte in die Stadt hineingehen, dort würde er neuere, ihm vertraute Autos finden. Menschen, die Englisch konnten. Und einen Zeitungsstand. Und die Zeitungen würden das richtige Datum zeigen. Wenn er es lesen konnte. Der Gedanke an eine fremde Schrift ließ ihn erneut müde werden.

Die Frauen beendeten ihre Wäsche und sahen beim Gehen halb scheu, halb neugierig zu ihm hinüber. Wenig später näherte sich ein großer Kahn und landete mit fürchterlichem Kratzen und Krachen auf der schrägen Ebene, die ins Wasser führte. Männer luden Kisten ab und schleppten sie zu einem anderen alten, undefinierbaren Auto, diesmal einem grünen. Er fragte sich, warum sie hier keinen Steg gebaut hatten. Ohne Steg war das Abladen umständlich und mühsam.

Der Kahn und die Männer verschwanden wieder. So viel Zeit war vergangen, seit er die Augen geöffnet hatte. Doch noch immer spürte er weder Durst noch Hunger. Nur die Sehnsucht nach Zuhause. Er musste es angehen.

Aufstehen, Leute ansprechen, sich durchfragen, vielleicht Geld für eine Fahrt in die nächste größere Stadt erbetteln. Nur noch einmal tief durchschnaufen und dann.

Und während er tief durchschnaufte, näherte sich eine Frau. Sie war anders als die, die er bisher hier gesehen hatte. Kein Kopftuch, sanfte braune Locken umflossen ihr unfassbar schönes Gesicht und als sie vor ihm stand und ihn mit ihren tiefdunklen Augen ansah, wurde ihm schwindelig. Sie fragte ihn etwas. In der fremden Sprache. Viele U-Laute und dazwischen für ihn völlig ungewohntes Klicken und Gurgeln. Mit Sicherheit kein Russisch, so viel war nun klar.

Er war kein Frauenheld, aber er war stolz darauf, dass er sich ohne Scheu und Nervosität mit schönen Frauen unterhalten konnte. Manche Freunde beneideten ihn darum. Aber er verstand sie nicht, konnte nicht antworten und es machte ihn wahnsinnig. English? Español? Français? Sinnlos. Sie sprach weiter. Noch zwei, drei Sätze. Er antwortete nicht, sah sie nur an. Dann ging sie wieder. Nach ein paar Metern schaute sie noch einmal zurück. Nicht zu erklären, ihr Blick. Nicht ohne verstanden zu haben, was sie zuvor gesagt hatte.

Hier erwartete ihn nichts mehr. Er sollte nun wirklich aufstehen. Die Sache in die Hand nehmen. Die Welt war klein. Es gab keinen zivilisierten Ort auf der Welt, von dem ein Deutscher nicht irgendwann wieder zurück in seine Heimat gelangen konnte. Doch es gelang ihm nicht aufzustehen. Er hatte Angst, gestand er sich zum ersten Mal ein. Angst, dass er in einem Land war, das es gar nicht gab. Einer Zeit, in die er nicht gehörte. Auf einem anderen Planeten in einem anderen Sonnensystem. Er würde es nur herausfinden, wenn er in die Stadt am See hineinging. Auf die Gassen und Straßen, aus denen er gerade wieder Autogeräusche herausdringen hörte. Aber die Angst war zu groß. Er würde hier bleiben. Immer noch kein Hunger, immer noch keine Schmerzen vom Sitzen, nur Sehnsucht. Sehnsucht nach einem Ort, den sie hier nicht kannten. Zu dem kein Weg von hier führte. Er glaubte es nun sicher zu spüren.

Wieder verging Zeit. Wieder kam ein Kahn vom See her. Wieder geräuschvolle Landung, wieder sprangen Männer ab, wieder Kisten. Er stand auf. Ohne nachzudenken. Ging zu den Männern. Stellte sich in die Reihe derer, die die Kisten entgegennahmen. Sie waren schwer, sie konnten Hilfe gebrauchen. Endlich etwas, das er ohne Sprechen tun konnte. Und ohne Angst vor Erkenntnis. Solange er Kisten abladen durfte, war es gar nicht so schlecht hier. Der See, die Landschaft, die Menschen, der Frieden. Und die Sprache konnte er noch lernen, wenn er sich Mühe gab.

Als er an der Reihe war, streckte er die Hände aus. Die beiden Männer, die die Kisten aus dem Kahn herausreichten, zögerten. Per Kopfgeste holten sie noch einen Dritten heran und wiesen wortlos auf ihn, den fremden Mann, der unten stand, bereit, eine Kiste entgegenzunehmen. Der Dritte sah ihn kurz an. Es folgten energische Worte, die er nicht verstand. Aber das ungeduldige Fuchteln mit dem rechten Arm war schwer misszuverstehen:

Er sollte verschwinden. Noch einmal reckte er die Arme hoch, bot unmissverständlich an, zu helfen. Der Ton wurde schärfer, lauter, das Fuchteln ungeduldiger und heftiger. Auch die beiden anderen machten nun mit. Er sollte verschwinden. Jetzt! Sofort!

Er ging zurück zu seinem Platz, setzte sich, sah auf den See. Und sehnte sich danach einzuschlafen.

Matthias Sachau lebt als freier Autor in Berlin. Er ist einer der erfolgreichsten deutschen Comedy-Schriftsteller. 2014 wurde sein Roman »Wir tun es für Geld« für die ARD verfilmt. Im November 2015 erscheint mit »Das Geheimnis von Tylandor« sein erstes Buch für Kinder.

Alexander Broicher

Nächte wie Schwarz und Weiß

Unzählige kleine Spiegel treiben auf dem Schwarz. Tausendfach blinken sie, morsen mit Mondlicht. Ich kann die Signale nicht verstehen. Wir suchen andere Lichter. Rote und grüne.
Es geht um Farben. Immer nur um Farben.
In der Nacht ist alles umgedreht. Nächte sind wie Schwarz und Weiß. Man denkt, man kann alles erkennen. Und sieht doch nichts.
Der Mond strahlt vorbeiziehende Wolkenfetzen kalt an. Das Meer ist nicht blau, es ist schwarz, wie der Himmel auch. Die Farben, sie schlafen. Bei Tag gibt es sie hier im Überfluss. An Farben sind wir reich.
Es geht immer nur um Farben.
Wir suchen etwas Weißes.

Vor uns nur ein unendlicher schwarzer See. Ohne Kontur, ohne Grenzen. Machetengleich zerschneidet unser Boot das Wasser in zwei Hälften. Wie ein Pflug beackert unser Bug das Schwarz. Weiße Schaumkronen, hinter uns die aufklaffende Welle. Ein symmetrisches Vau. Wir hinterlassen alles geordnet.
Die Schraube des Außenborders verquirlt meine Gedanken mit dem Meer.

Wie viele Meter Wasser liegen unter mir? Ich kann nichts sehen, da ist nur der dunkle See. Ein See aus Öl. Wie schön wäre das, ein Ölsee! Dann müssten wir nicht in diesem Boot sitzen. Ich würde einen Fernseher kaufen, für Mama und mich. Ich habe Angst vor tiefem Wasser. Schon als Junge gehabt. Wir alle haben Hai-Bisse gesehen. Glaub' mir, den anderen geht's auch so. Aber natürlich sagt das keiner. Auch ich halte die Klappe. Will ja nicht als Memme dastehen, ich bin ein Mann! Aber sterben will ich auch nicht. Mama soll sich den Ärger mit mir nicht umsonst gemacht haben, die ganzen 19 Jahre.

Angst habe ich nur vor dem Wasser, nicht vor den Weißen. Manchmal sind es auch gar keine Weißen. Schlitzaugen, die sind friedlich. Haben Angst wie Karnickel. Und manchmal sind auch Brüder an Bord. Oder andere Nigger.

Aber wir dürfen sie nicht töten. Es geht nur ums Geschäft, sagt Jomo immer. Keine unnötige Gewalt. Nur zum Einschüchtern, das ist wichtig, das bringt Respekt. Respekt ist wichtig.

Nicht ins Wasser schauen. Zu dunkle Gedanken. Lege mich ins Boot zurück. Ich spüre das kalte Metall des AK 47 an meinem Arm. Ich spüre meinen Puls, die große Ader an meinem Hals klopft unaufhörlich.

Mannamanna nennen sie es. Wir haben es in die Nase gezogen. Ich bin immer noch randvoll damit. Es ist wertvoll, wie alles Weiße. Elfenbein, Zähne – ich bin stolz auf meine Zähne – Frachter, Menschen.

Diese Scheißwichser, jetzt holen wir uns alles zurück. Ich habe so viel Kraft und Wut und Energie in mir. Eben haben wir noch geschrien, um uns in Stimmung zu bringen. Ich will tanzen und schreien, aber im Boot müssen wir schweigen. Höchstens flüstern ist erlaubt, das sind die Regeln.

Nebel zieht auf, Gespensterfahnen, da, wo der Mond reinleuchtet. Jomo und Malik sehen mit den großen Ferngläsern wie Insekten aus. Jomo ist sauer, er kann im Weiß des Nebels nicht viel erkennen.
Ich lege mich an die Bordwand. Das Geräusch des Außenborders dringt in meinen Kopf. Er klingt wie mein altes Mofa, immer auf Vollgas. Das metallische Klingeln und das Kreischen des hochtourigen Drehens. Wie ein schreiendes Tier.
Manchmal schreien auch sie. Sie haben Angst vor uns. Das ist gut so. Sie haben Respekt. Respekt ist wichtig. Manche machen sich in die Hose vor Angst. Ha, könnte mich wegschmeißen! Das sind diese Momente, da fühle ich es, wie stark wir sind, wie stark *ich* bin.

Jomo nimmt seine Insektenaugen runter und funkelt mich an. Seine Augen sind viel böser als die aller Tiere, die ich kenne. Außer vielleicht die von Haien.
Er zieht seinen Daumen quer über den Hals und sein Fingernagel hinterlässt eine Kerbe im Fleisch. Verstanden. Ich nicke und ziehe meine Lippen nach innen zwischen meine Zähne. Und dann schnell weggucken, am besten

nach unten. Wenn er wütend wird, lande ich auf dem Meeresgrund.

Aus den Augenwinkeln beobachte ich, dass er den Blick von mir abwendet und seine gläsernen Stielaugen vornimmt. Die machen mir weniger Angst.

Der Wind dreht und der Geruch des Zweitaktmotors zieht mir in die Nase. Ich mag das. Mag Motoren und den Geruch von Benzin, hab ich schon als kleiner Junge.

Und dann rieche ich es: Da ist noch etwas anderes in der Luft. Eindeutig, das ist es. Der typische Geruch von Diesel, schwerem Schiffsdiesel. Eine ölige Brise aus heiß Verbranntem, die sich nur schwer mit der salzigen Seeluft mischt, gerade bei Nacht. Man kann seine Spur auf Kilometer rausriechen. Mein Herz läuft auf einmal noch schneller. Hätte nicht gedacht, dass das geht. Jetzt laufe ich wie der Außenborder auf Vollgas.
Ich will es Malik sagen, aber ich will nicht zu den Fischen. Ich traue mich nicht. Stattdessen richte ich mich auf und sehe mich um. Nichts, nur dicke weiße Nebelschwaden. Auch durch die Ferngläser kann man sicher nichts erkennen. Ich suche Blickkontakt zu Malik, klopfe mit dem Gewehr an die Bordwand. Er bemerkt mich nicht.

Dann sagt er es. Malik sagt: »Lichter«. Wir alle schauen in seine Richtung. Langsam treten die Lichter aus dem Nebel, grüne und rote. Und weiße. Licht am Heck, Kabinen. Wie ein beleuchtetes Haus. Und mindestens so hoch. So hoch wie die Häuser in Amerika. Ich habe noch nie so hohe Häuser mit eigenen Augen gesehen, nur im Fernsehen. Ein großes weißes Haus.

Amerika. Dort muss alles weiß sein.

Selbst ihr Öl fährt in Weiß. Ihre Waren fahren besser als unsere Brüder. Ich heiße Agu und ich werde sehr wütend. Ich werde uns das holen, was uns zusteht!

Ein kurzes Zischen von Jomo. Wir wissen alle, was zu tun ist. Jetzt sind wir so aufgeregt wie das Wasser. Wie Erdmännchen stehen alle bereit.

Langsam kommt das weiße Haus immer näher, glatt und sauber wie ein Zahn. Es sieht gar nicht aus wie Eisen.

Die Wand wird immer höher. Wie soll ich es bloß bis da hoch schaffen? Ich packe den Wurfanker und atme tief durch. Ich schaffe das. Ich muss es schaffen. Ich komme da hoch. Egal, was mich dort erwartet. Egal, wer da oben ist. Man sagt, neuerdings werden sie beschützt? Aber ich habe keine Angst. Nicht vor denen. Amerika, ich komme! Ich schleudere den Wurfanker empor, er verhakt beim ersten Mal. Heute werde ich gewinnen, das spüre ich. Mit einem Ruck an dem Seil prüfe ich, ob er mich halten wird, dann erklimme ich die Strickleiter. Ein, zwei, drei Sprossen, immer weiter. Immer höher, nicht nach unten sehen.

Ich höre einen lauten Knall, wie einen Schuss.

Dann wird alles weiß vor meinen Augen.

Das muss Amerika sein. Ich muss in Amerika sein.

Alexander Broicher studierte Filmwissenschaft mit Schwerpunkt creative writing, Philosophie und Politikwissenschaft. Als Schriftsteller veröffentlichte er die Romane »fakebook« und »Unter Frauen«. Broicher ist ausgezeichnet mit dem Literaturpreises des Deutschen Schriftstellerverbandes. Er lebt und arbeitet in Berlin und New York.

Christoph Silber

YEMMA

Das mit Amir war schon mal deshalb ungewöhnlich, weil ich nie mehr als sechs Wörter mit einem Kunden rede. »Tach«, und »Kundenkarte?«, dann den Preis, vielleicht noch »Nicht kleiner?«, Wechselgeld. Und tschüss. Die kommen ja auch nicht zum Reden, sondern weil es billig ist. Die haben andere Sachen im Kopf, und ich auch. Ich hab ja immer noch ein Leben.

Ich wollte lange so werden wie die anderen. Jetzt ist es das, was ich am wenigsten will. Niemals will ich so sein wie die. Wie Janine zum Beispiel, mit den klebrigen Haaren an Kasse 2 links neben mir. Als ich im Markt anfing, war sie schon da. Wenn ich weg bin, wird sie auch noch da sein. Angeblich hatte sie vorletztes Jahr hinten auf der Toilette eine Fehlgeburt. Ich hab sie nie gefragt, ob das stimmt. Sie redet sowieso kaum ein Wort und wird jeden Monat ein bisschen dünner, vielleicht löst sie sich irgendwann in Luft auf. Vielleicht ist das ihr Plan. Wer kann das schon wissen.

Ich hab jedenfalls noch ein Leben. Mein Wecker klingelt jeden Morgen um sechs, und ich bin immer zwei Minuten vorher wach. Keine Ahnung, wie das funktioniert mit dieser inneren Uhr. Jedenfalls geht sie. Trotzdem hab ich mich noch nie getraut, den Wecker abends auszumachen. Ich wach auf, zwei Minuten später klingelt er. Jeden Tag. Auch an dem Tag, wo das mit Amir war. Der Wecker hat geklingelt, ich streckte meinen Arm aus, wollte auf den Knopf drücken. Aber ich fand ihn nicht, den Knopf. Stieß mir die Hand. Hörte ein lautes Scheppern. Dann war es still. Und als ich meine Beine aus dem Bett hievte und mit den Füßen nach den Pantoffeln tastete ... Meine Vorhänge sind schwarz und nachts immer ganz zugezogen. Ich brauche es ganz dunkel zum Einschlafen. Frühmorgens, wenn ich mich so durchtastete, denke ich manchmal, so fühlt sich vielleicht einer, der blind ist. Oder ich denke, was, wenn da jetzt einer wäre, der dir wehtun will, wie damals. In unserem ersten Zuhause hier, wo es nach Terpentinersatz roch und sie uns nachts Steine ins Fenster geworfen haben.

Mein rechter Fuß senkte sich über den Boden, der große Zeh zuerst, in Erwartung des flauschigen Schafsfells, das meine Pantoffeln fütterte. Angeblich hatten wir Schafe zu Hause, da wo ich geboren bin, aber ich war noch zu klein. Plötzlich war da was Scharfes. Ein Stich fuhr mir durch die Wade, bis hoch ins Knie.

Ich hab es nicht so mit Schmerzen. Da kenn ich mich aus, und ich kann nicht mal richtig Mama schreien, wie alle anderen das tun. Wahrscheinlich sah es ziemlich komisch aus, wie ich auf einem Bein ins Bad hopste, mich da aufs Klo setzte und dann, Bein hoch auf dem Wannenrand,

mit der Pinzette die blutverschmierte Glasscherbe aus meinem großen Zeh operierte und »Yemma, Yemma, Yemma« vor mich her wimmerte.
Danach sah ich sie mir einen Moment lang an, diese kleine Scherbe, die meinen ganzen Zeitplan durcheinander warf. Ich brauche diese eine Stunde morgens, duschen, Beine rasieren, Haare machen, schminken, anziehen. Genau so hat es vielleicht bei Janine auch angefangen, dass sie eines Morgens nicht mehr auf den Wecker geachtet hat. Dann als nächstes die Haare. Die Dinge entgleiten einem so schnell.

»Fünf Minuten zu spät, Chefin« sagte Sven, wie er alles zu mir sagte, mit seinem unverschämten Grinsen im Gesicht. Und rieb sich die geröteten, schwitzigen Hände mit diesem Flutschen, das ihn jedes Mal ankündigte, meinen Chef, der aussah wie ein aufgepustetes Kind und der sich um Kasse 3 kümmerte, wenn es hektisch wurde. Ich hab ihn mal hinten im Lager erwischt, da klang das Flutschen anders. Seine Brille war verrutscht, und seine rot gefleckte Linke hielt verkrampft ein geöffnetes Glas Erdbeermarmelade auf der Höhe seiner entblößten, blassen Oberschenkel. Die Rechte zog heraus, was halbstarr zwischen seinen Beinen hing und ganz voll Marmelade war, und durch die schiefe Brille gaffte er mich an.
»Tschuldigung,« sagte ich und hustete. Ich drehte mich um, da hörte ich ihn glucksen, das Grinsen war zurück.
Er sagte: »Lust auf was Süßes?«
Ich konnte verzichten. Seitdem hieß ich Chefin.

Ich setzte mich in mein Kassenhäuschen, stieß mir den Fuß an der Türkante wie fast immer, und mein geritzter Zeh schickte mir einen scharfen Schmerz bis in den Po. »Ware kommt nicht«, sagte Sven wichtig, »auf der Avus hat's richtig geknallt, alles weiträumig gesperrt«. Er zog geräuschvoll Rotz hoch, grinste: »Wird 'n entspannter Tag.«

Die Arbeit plätscherte los. Band bewegen, Waren über den Piepser ziehen, Früchte wiegen, Codes nachschauen, Kasse auf, Kasse zu, nicht zu Kasse 2 rüberschauen, weil Janine sowieso nie lächelte, ab und an den Kartenleser ausfahren, »Geheimzahl eingeben und bestätigen«, das waren dann schon zehn Worte insgesamt.
Am Anfang hab ich mir die Leute noch genau angeschaut und ihre Einkäufe. »Am Einkauf erkennt man, wo einer herkommt«, hab ich damals gedacht und mir ausgemalt, ob sie Verstreute oder Verwurzelte waren. Und bei den Verwurzelten, da kam dann dieses nahe Gefühl. Ich wollte ihnen folgen, wollte in ihrer Haut einziehen, in ihrem Leben, und es tat weh, weil ich es nicht konnte und niemals können würde. Also hab ich es mir abgewöhnt.

Dass Amir an meine Kasse kam, merkte ich ohne Hinsehen. Er roch ziemlich streng, nicht nach Urin wie die von der Straße, die alles in Kupfergeld bezahlen. Sondern nach sehr alter, einsamer Mensch, so süßlich-dumpf, als wäre ein Teil seines Fleisches schon verwest, als lauerte ein böses Geheimnis irgendwo unter dem schlabberigen grauen Anzug. Er kam fast jeden Tag, blinzelte mich an mit seinen faltigen Krokodilaugen, und jedes Mal wenn ich sein Kleingeld für ihn zählte, hörte ich seine dünne Stimme: »Aalan ja amira.«

Ich antwortete nie, weil ich genauso wenig Prinzessin wie Chefin war, und weil ich nie Arabisch redete, außer halt wenn mir was richtig wehtat. »Man muss gewisse Türen zu lassen«, hat meine Mutter immer gesagt.

Amir, der wandelnde Leichnam, kaufte immer dieselben zwei Sachen: Schmalzfleisch in der Dose und Goldbrand. So viel zum Islam-Klischee, hab ich zu Sven mal kommentiert. Da kam dann das von Ausnahme und Regel. Dass ich Amir nie antwortete, schien ihn nicht zu stören. Er nahm immer sein Wechselgeld und schlich davon, nur sein Geruch hing noch eine Zeit lang in meiner Nase. Er war fast ein wenig verlockend, dieser Geruch, und gerade das machte ihn so widerlich. Wie der gelbsüchtige Herr Schmittke, der immer vor der Unterkunft stand und uns Kindern Schokolade versprach, wenn wir ihm helfen würden, seinen Schlüssel aus dem Kellergitter zu fischen, weil wir doch so zarte kleine Hände hätten.

»Aalan ja amira.«

»Dreißig, vier und fünf«, sagte ich und legte das Wechselgeld in das Furchenmuster seiner weichen Handfläche zwischen Lebenslinie und Fingerwurzeln, aber die Hand fasste nicht. Sie zitterte und ließ die Münzen durch die Finger rieseln. Ich sah ihn an. Dunkles Rot schoss in das Weiße seiner Augen, und dann kippte er zur Seite weg, stürzte in den Einkaufskorb, dessen Griff ihm unter die Achsel geriet. Von dem plötzlichen Gewicht entlastet, schossen die Vorderräder hoch in die Luft, der Wagen stand für einen Augenblick senkrecht, und Amir fiel, Kopf und Oberkörper in den Metallkorb hineinragend, zu Boden, so dass der Wagen sich nun komplett überschlug und auf ihm landete.

Ich kreischte, beugte mich über den Rand meines Kabuffs, versuchte den Wagen anzuheben, unter dem der Alte bleich und leblos lag. Das Ding war höllisch schwer und aus dem Winkel kaum zu bewegen.

»Hilf mir doch mal einer«, schrie ich und sah mich um. Janine glotzte. Sven sagte was von Notarzt und lief in Richtung Lager, zum Telefon.

»Janine, komm jetzt und hilf mir!« Ich sprang aus meinem Kabuff. Sie glotzte und tat nichts, gar nichts, saß einfach da wie die vom sauren Wetter angenagte Balkonbüste irgendeiner Göttin, unter der ich morgens auf dem Weg zur Arbeit immer vorbeikomme und mich jedes Mal frage, wann die wohl mal abstürzt.

Irgendein Gott muss mir auch geholfen haben, den Wagen anzuheben, Kunden waren nämlich sonst keine da. Ich sah herab auf Amir, der krumm da lag, den Kopf seitlich zwischen seiner hochgezogenen Schulter und der Kassenwand geneigt, die Augen halb offen, aber ohne jede Regung. Ich beugte mich über ihn, rutschte dabei beinahe aus in dem dünnen Rinnsal, das ihm aus der Hose lief, und hatte keine Ahnung, was ich machen sollte. Die Leute sagen ja, dass in solchen Momenten eine Automatik angeht und man plötzlich ganz genau Bescheid weiß. Bei mir ging gar nichts an, ich wusste nichts und war davon nicht überrascht. Die Leute sagen so viel.

Zum Beispiel auch, dass man in dieser Stadt, die ja die größte und die Hauptstadt war, nie länger als eine Viertelstunde auf den Notarzt warten müsste. Sven krächzte es durch den ganzen, fast leeren Markt: »Die kommen grad nicht durch, wegen der Avus. Aber hier ist so 'ne Frau, die kann ...« und damit drückte er mir das Telefon in die Hand, vorsichtig, mit ausgestrecktem Arm, um nicht zu nah an Amir heranzukommen, als wäre er ein handgewebter Perser, den man mit Straßenschuhen nicht betreten durfte. Geschweige denn vollkotzen. Sven ergriff die Flucht, und ich verstand, dass die Wahl naturgemäß auf mich gefallen war. Falls dieses umgestürzte Häuflein Mensch auf dem blaugrün gescheckten Linoleum vor meiner Kasse innerhalb der nächsten halben Stunde ins Leben zurückkehren sollte, dann durch meine Hand, die immerhin Teil meines Leibes war. Desselben Leibes, in dem nichts Lebendiges wachsen wollte.

»Machen Sie jetzt ganz genau, was ich Ihnen sage«, hörte ich die Frau am Telefon. Ich hatte panische Angst. Sie sagte mir, was ich tun musste, und ich tat es. Stabile Seitenlage, wozu ich beide Hände brauchte, das Telefon zwischen Schulter und Ohr geklemmt, das Erbrochene aus dem Mund fließen lassen, jetzt ging tatsächlich die Automatik an, aber der Gestank kam trotzdem durch und raubte mir fast den Atem, Puls fühlen und messen und weitersagen, und dann das Hemd aufreißen, unter dem es keine Verwesung gab, nur gelb gefleckten Feinripp und blassblaue Haut wie bei den eingeschweißten Hühnern in der Gefriertruhe, und pumpen, Handballen aufs Brustbein, andere Hand darüber, pumpen, pumpen, mit aller Kraft. Einmal, zweimal, dreimal, viermal. Nichts.

»Ich kann das nicht,« schrie ich ins Telefon.

»Doch, doch, du kannst das!« sagte die Frau und war jetzt also beim Du. »Du machst das ganz toll! Noch mal, komm! Mach's noch mal!«

Ich schmiss den Hörer hin, legte wieder meine Hände auf die dürre, eingedrückte Brust. Und pumpte. Diesmal schloss ich die Augen dabei, und ich schrie, »Yemma, Yemma«, und spürte, dass mein Gesicht klatschnass war von herabrinnenden Tränen.

Der erste Atemzug war laut und klar und fuhr mir durch alle Glieder wie ein vorbeirasender Schnellzug, wenn man ganz nah an der Kante steht. Ich riss die Augen auf. Amir war da, er starrte hoch zu mir, die ich rittlings auf ihm saß und ihn mit meinem Schweiß und meinen Tränen ganz nass gemacht hatte. Er starrte mich an, das Gesicht jetzt frisch gerötet und verblüffend glatt, und dann öffneten sich seine violetten Lippen, und er sagte leise, mit sehr dünner, weicher Stimme:

»Yemma.«

Ich hab Amir nie wieder gesehen, nachdem der Notarztwagen ihn mitgenommen hat, und ich habe mich auch nie erkundigt. Ich warte eh nur noch die paar Wochen ab, bis die Differenz zwischen Kündigungsfrist und

Resturlaubsbeginn abgelaufen ist. Dann werd ich meine Sachen packen und losgehen. Wohin, weiß ich nicht. Hauptsache gehen. Ich hab ja immer noch ein Leben.

Christoph Silber, *aufgewachsen in Berlin mit einem englischen Exilvater, hat sich vor allem als Drehbuchautor einen Namen gemacht. Er war beteiligt an Kinofilmen wie »Goodbye Lenin«, »Nordwand« und »Ich bin dann mal weg« sowie an zahlreichen Tatort-Folgen. Silber ist Emmy- und Grimmepreisgewinner und lebt in Los Angeles.*

Ramona Raabe

Das Antiquariat der
verloren gegangenen Süßigkeiten

Herr Maresch fährt gerne mit dem Putzlappen über die gläserne Theke. Wenn Schmutz und Staub, Fleck und Fussel von der Fläche verschwinden wie nie existiert, in wortwörtlich glasklarer Abtrennung zu dem Nicht-geputzten: Eine kleine gewischte Straße, deren eigenhändige Schöpfung ihn des Gefühls bemächtigt, so etwas wie einen tatsächlich sichtbaren, unmittelbaren Einfluss zu haben.

Der alte Herr M. hat nicht viel, aber arm ist er nicht. Er liebt sein Antiquariat. Nichts liebt er mehr als diesen kleinen, vollgestopften Laden, kaum größer als ein Zimmer es gewesen wäre für das Kind, das er nie hatte. Seine Theke, die Regale, die Tür – seit Jahren kaputt, niemand darf sie reparieren; er würde es nicht verkraften. Alles muss bleiben; muss bleiben, wie es ist – nur der Staub, der darf nicht, denn nichts darf daran erinnern, dass hier etwas dafür getan werden muss, damit alles bleibt, wie es ist. Und einen bedeutsameren Zeugen der nicht folgenlosen Regungslosigkeit gibt es nicht. Dieser spezielle Teilnehmer markiert die Zustandswahrung als eingriffsfordernd. Jussuf Maresch fährt also gerne mit dem Putzlappen über die gläserne Theke und saugt den leichten, grauflockigen Zeugen eifrig in bunten Schwämmen fort.

Die Anwohner der Stadt wissen, dass der Mann, am Ende seines achten Jahrzehnts und in der Dämmerung seines Lebens (eine zwar beruhigte, aber fast schon belanglose Dämmerung, der ein gewisses Drama doch fehlt, die apokalyptische Aufregung, die, wie er manchmal findet, ihm doch auch zustünde), sich selbst dem Staube nähernd, dass dieser Mann in seinem Laden, den er täglich, nur am Sonntag nicht, um 10 Uhr morgens öffnet, und zeitig um 18 Uhr abends schließt, nichts, aber absolut gar nichts und nicht ein Teil zu verkaufen sinnt. Zumindest nicht im Sinne eines klassischen Antiquariats. Nur ein paar Touristen verirren sich manchmal auf den engen Metern ineinander verkeilter, hölzerner Stühle, die sich an rostbraune Tische lehnen, auf denen sich Schreibmaschinen und Schmuckkästchen benachbart aneinanderreihen. Sie finden sich wieder unter den Dutzenden unter der Decke schwebenden und im Windstoß einer aufstobenden Türe aneinander klirrenden Kronleuchtern, zwischen den drei Meter hohen, an die Decke reichenden Regalen, deren Bretter unter eindrucksvoll chaotisch-geordneten, in Leder und Leinen gebundenen Büchern seufzen. Diese Verkeilungen des Antiquariats sind die Stöcke, über denen er sein imaginäres Zelt spannt. Es schützt ihn vor der Gegenwart, deren Umarmung ihm eine Umklammerung nur wäre.

»Was kostet dieses Stück?«, fragt ein fremder Gast (denn nicht alle Gäste sind fremd). Diesmal ist es einer, der einen stolzen Schnäuzer trägt, und auf seiner graugrünen Wolljacke Jagdorden aus dem nahegelegenen Westerwald.

»Zu viel«, antwortet dann Herr M. Gar nichts sagt der Gast, oder schaut doch fragend, oder entgegnet ein empörtes »Na, hören Sie mal«, das manchmal mit Punkt, manchmal mit Ausrufezeichen, selten mit Fragezeichen, oder ganz ohne End-Schlossenheit eines Satzes, im staubfreien Raum schwebt. Jussuf bewundert die Jäger, und er verachtet sie. Er selbst war fast immer der Flüchtende. Aber auch diese Rolle ist mit Stolz zu tragen. Der Jagende ist selber nur schwer einzuholen. Er gerät außer Atem, doch dafür spürt er ihn. Was knapp wird, spürt man schneller.

Herr M. sieht täglich fremde Gesichter an seinen zwei Fenstern vorbeiziehen. Sie interessieren ihn sehr, aber er möchte nicht, dass sie in den Laden kommen. Manchmal sind es nur Silhouetten unter einem Haarschopf. Blonde und dunkle Haarschöpfe. Oftmals schauen sie hinein, zu ihm. Direkt in seine Augen, manches Mal durch sie hindurch. Und es kommt vor, dass sie den Laden betreten; dann fassen sie einiges an. Ein kurzes Anfassen, ein probierendes Berühren, das dem schon vorbestimmten Weglegen nur vorausgeht. Die Menschen flirten mit den Dingen, als hätten sie keine Seele. Und manchmal fragt Jussuf sich dann, ob sie womöglich recht haben, und wird traurig. Wenn die Besucher wieder weg sind, läuft er zu den Stellen, die sie berührten, und weiß nicht, was er machen soll. Es gibt keine äußere Veränderung, die er rückgängig machen könne. Die Fremde ist die Wildnis, die er fürchtet. Sie drückt sich gegen seine Wände. Er will ihre Fingerabdrücke hier nicht haben. Die alten Spiegel, in denen er sich selbst einen jeden Tag in seinem Antiquariat reflektiert, gaukeln ihm vor, Teil einer lang manifestierten Zivilisation zu sein, mit Intellekt und einem Sinn für das Schöne. Der geordnete Mensch, der ordentliche Mensch. Er hat die Unordnung gesehen, damals. Das ist ein Leben lang her. Dort, wo es auch Geist und Schönheit gab. Den verwüsteten und verwüstenden Menschen. Das Chaos, und der Müll, der Schutt und den Staub, überall den Staub. Manchmal glaubt er, er hat damals so viel davon eingeatmet, dass etwas davon auf steiler Strecke in sein Hirn gelangt sein musste und auf Lebzeit dort nun sein Nest gebaut hatte, ein winziges Staubnest, gemütlich platziert auf einem Hirnareal. Auch ich bleibe hier wohnen, sagt es.

Er will sein Antiquariat nicht mehr verlassen. Da draußen, wo die Pornshop-Werbung ihr prallbrüstiges Plakat großflächig an die Wände kleistert, und Menschenfiguren in laut bässenden Gefährten mit heruntergefahrenen Fenstern vorbeirauschen. Da fühlt er sich nicht wohl. Es ist alles zu laut. Die Stille des Landes lockte ihn damals. Die Ruhe, mit welcher ein Abend sich über einen Ort senken konnte.

Die Straßen, die zu seinem Zuhause führen, und die anderen Menschen, die sie begehen, sind ihm nun fremd

geworden. Als er kam, waren sie ihm fremd, und als er
sie als Freunde fand und ihre Sprache lernte, wurden sie
ihm in der Nähe erst wieder unvertraut. Plötzlich lernte
er diese Art von Nähe kennen, die, einmal zugelassen,
neue Fremde schafft. Seine Heimat aber starb vor acht
Jahren an Wasser in der Lunge. Als das eine Element
das Einatmen des anderen verwehrte, und sie, die Ster-
bende, zu einem dritten dieser Elemente wurde. Die
Erinnerung ist nicht gut, er muss diese Türe zu lassen,
und dafür manch andere zulassen. Ihr Foto steht immer
in seiner Sichtweite, auf dem Tresen. Sie lächelt darauf,
weil sie glücklich war.

Die Stadt, in der Herr M. lebt, ist eher schon ein Dorf –
was nur der Bürgermeister nicht gern hört, denn er
misst das Meistern an Menge –, doch in diesem Dorf
sorgten sich viele nach dem Ableben von Frau Maresch
um den Witwer. Nach einigen Jahren aber wurde allge-
mein übereingestimmt, dass es ihm gut erginge, dass
seine vielleicht zwanghafte Neurose der Staubeliminie-
rung und dadurch gekennzeichnete Unantastbarkeit
seines für ihn in eine Zeitlosigkeit zu transferierenden
Antiquariates möglicherweise eine verzweifelte Sehnsucht äußerte, der eigenen Dämmerung doch noch zu
entwischen, aber dass dies schließlich eine Sehnsucht
war, deren der ihr innewohnender Vermeidungssport
an dieser Lebensstelle einem auf Hochtouren auszuüben
vergönnt sei. Und wenn eines im Alter in Ordnung oder,
eigentlich, ganz fabelhaft ist (denken sich die Bewohner,

die sich für Jussufs Freunde halten, weil sie ihn auf der Straße grüßen), dann sind es Neurosen, die dem anderen nicht schaden, und dem eigenen Freude und Struktur bedeuten.

Manchmal träumt sich Jussuf passende Gefährten in seinen Tag: eine auf Zack hantierende Gärtnernde, die nichts anderes tut, als ihre Pflanzen planlos zu versetzen, nur um sie auf ein Neues umzuwurzeln. Eine Singende mit roten Wangen und großen Augen, die unermüdlich pentatonische Tonleitern trällert, dabei sämtliches Klingeln der Nachbarn ignoriert und sich heimlich daran freut, dass sie, wenn auch nur durch Störung, bemerkt wird. Und ein romantischer Schreibender, der nicht umhin kann, in seinem Text fortwährend Klang- und Wortspiele einzubauen, weil er, vernarrt in dieses Tun, die lautliche Nähe von Gegensätzen sichtbar zu machen sich aufgerufen fühlt.

Ein wenig knapp aber lässt seine Rente Herrn M., doch er erhält welche. Das war lange nicht geklärt. Ob das für ihn einmal so sein würde, im Alter. Es ist aber auch nicht seine. Es ist Ingrids, die Beamtin war. Eine der Art, die den Ruf einer ganzen Berufsgruppe zu retten wusste. Trotzdem muss Jussuf nun ein wenig Zusätzliches erwirtschaften, wenn auch seine Möbel und Bücher niemand verrücken, und schon gar nicht nach Hause nehmen darf. Man stiehlt nicht anderer Menschen Einrichtung. Auch nicht gegen Geld. Vor seiner Theke ist ein langes, feines Brett angebracht, das reihauf eine Vielzahl unterschiedlich geformter, bunt gefüllter Glasbehälter trägt.

»Verkaufen Sie hier nicht?«, fragt der fremde Gast im
Laufe des verwirrend begonnenen Gespräches häufig.

»Süßigkeiten«, antwortet Herr M. dann hinter seiner
Theke, »ich verkaufe Süßigkeiten.« Und wer ihn erblickt,
diesen Inhalt in blank geputzten Gläsern, fragt sich, wie er
ihn zunächst hatte übersehen, oder gar den Einfall haben
können, etwas anderes erwerben zu wollen: Die schwarzen, dickgliedrigen Lakritzstangen, und die zitrusgelben,
weiß gepunkteten Brausebonbons. Die in durchsichtige
Folie verpackten, wohlgeformten Täfelchen Schokolade,
und die durcheinander purzelnden, regenbogenfarbenen Gummibärchenherden, die ineinander stürzen, als
wollten sie sich vor Menschenmündern retten, indem sie
Kannibalismus betreiben. Jussuf sucht Antworten in diesen Gläsern. Antworten darf man einverleiben, findet er.

»Was ist eine Süßigkeit für dich?«, fragte die junge Frau
M. ihren Mann am letzten Tag ihrer Hochzeitsreise. Es
war das erste und einzige Mal, dass er in sein Herkunftsland zurückkehrte. Sie war es, die es kennenlernen wollte.
Herr M. hatte nie diesen seidenen Ausdruck vergessen,
den seine Braut annahm, als sie nachdenklich und zärtlich auf das Dessert schaute: Ein zwar in ganz kräftigem
Orange leuchtendes Basbousa, aber nichts Bemerkenswertes. Aber das hatte Ingrid an sich: Eine plötzlich einfallende, staunende Nachdenklichkeit, die einer länger
vorhandenen Nichtigkeit entgegnete, und offenbar in einem kurzen Austausch mit ihr stand, während welchem

sich dieser unwahrscheinlich verwunderte Ausdruck auf ihrem Gesicht ereignete. Manchmal glaubte er, er habe sich deshalb in sie verliebt. Nicht nur, weil sie ihre Tür einem Fremden geöffnet hatte, ohne zu wissen, dass er ihr der Liebste werden sollte. Nein, eher war es dieser Blick. Ihr ganzes gemeinsames Leben erwischte Jussuf sich dabei, dass er sich wünschte, sie würde auch ihn nur einmal so anschauen – auch, wenn er sich bei den Blicken seiner Frau so wahrgenommen und wahr genommen fühlte, wie nirgend sonst und jemals mehr in seinem Leben –, aber ihrer beider Liebe war zu vehement und Weh hemmend, zu präsent in der robusten Wucht ihrer Besonderheit, dass sie niemals zu einer Nichtigkeit werden konnte, in der eine ungeahnte Schönheit sich in einem schüchternen Moment aufspüren ließe.

»Süßigkeit für mich?«, fragte er damals. Er lachte. Er fand das zu dem Zeitpunkt nur niedlich, mehr nicht.

»Ja«, sagte sie, und tauchte langsam aus ihrem Blick hervor. Dann lachte sie und schüttelte ihren hellen Kopf. »Lass uns nur genießen. Das sieht herrlich aus!«

Er stellte diese Frage nach ihrem Tod verschiedenen Freunden und Fremden. Er und sie, das Paar, hatten viel versäumt, was sie noch gemeinsam erleben wollten, und doch störte es ihn fast am allermeisten, dass er sich auf diese Frage nie eine Antwort für sie überlegte, mit der er zufrieden war. Er hatte die Frage so simpel behandelt, wie ihre Syntax sie konstruierte, und das plagte ihn. Was ist eine Süßigkeit für dich? Ein kurzer Moment der Freude. – Ein kleines bisschen Schuld. – Eine Erinnerung.

– Ein Begehren. – Etwas Süßes. – Etwas Ungesundes. –
Etwas Buntes. – Etwas Klebriges. – Dieser Blick von dir.
Dein Erkennen. Dein Staunen. – Etwas Haltbares. – Aber:
Nichts Konstantes. – Ein Moment. Nämlich der, in dem
du sagtest: Bleib bei mir; auch wenn es gar nicht mehr
nötig ist. Geh nicht zurück.

»Hier hat sich aber nichts verändert«, sagt ein Gast ein
Jahr später. Auch ein Gast, der kein erstes Mal besucht,
kann durch Fragen ein Fremder bleiben (wenn auch die
meisten es durch Nichtfragen tun). Der Irrtum bleibt ein
unaufgeklärter. Herr M.'s wund geputzte Finger wissen: Es
braucht ständige Veränderung, um der Veränderung zu
entgegnen, um sie augenscheinlich aufzuheben. Wegzuwi-
schen. Mit Allzweckreiniger. Dass es kontinuierliche Arbeit und Anstrengung bedeutet, einen täglichen Aufwand
und ein ständiges Achtgeben, ja, tatsächlich sogar weit
mehr als alles andere fordert, dieser scheinbare Erhalt der
Unveränderlichkeit, das wissen und schätzen die, die ihre
Süßigkeiten auch einmal verloren haben müssen (weil sie
nur durch den Verlust zu welchen werden können), aber
nicht den Blick, mit dem seine Frau sie bedachte. Er aber
beginnt sich darin zu verlieren. Seine Hand schmerzt
sehr. Sie kann nicht mehr gut greifen. Dauernd will sie
festhalten. Manchmal fürchtet er, dass das Zittern beginnt.

»Gibt es denn noch die Süßigkeiten? Was kosten die?«,
fragt der Gast.

»Zu wenig«, antwortet Herr M.

Und er sieht neuen Staub auf dem Boden, der sich aus dem
Nichts materialisiert hat. Das kann er nicht beeinflussen.

Den Vorgang nicht, nur den Zustand, so weit, dass es aussieht, als hätte es ersteren nie gegeben. So, als mache es nicht den Unterschied, den es macht. Den es doch macht. Den es macht und immer weiter macht. Dem ist Macht. Wann würde diese Differenz die Enttarnung, ihr Bemerken, einfordern, und der Staub sich nicht mehr wischen lassen? Noch ist es nicht soweit, und auch er ist es nicht. Bald ist 18 Uhr. Jussuf Maresch putzt. Ingrids Foto sieht fast aus wie neu. Und er muss, er muss. Damit alles beim Alten bleibt. Der Staubkrümel pulsiert in seinem Kopf. Er bläht sich immer wieder auf. Vielleicht platzt er eines Tages. Aber Flocken fallen sanft.
Er muss.
Neue Rosen für das Grab, denkt er. Die will er besorgen.
Neue Rosen.

Ramona Raabe, geboren 1992, studiert Filmwissenschaft und Komparatistik in Berlin und Los Angeles. Im Alter von sieben Jahren schrieb sie ihre erste Kurzgeschichte, die seinerzeit im »Kölner Stadt-Anzeiger« und der »Bangkok Business« erschien. Es folgten die Veröffentlichung einer Geschichtensammlung in Thailand (2002) sowie weitere Publikationen in Zeitungen und Anthologien. Für die Arbeit an ihrem Roman »Perlmutt-Asche« erhielt sie 2013 den Martha-Saalfeld-Förderpreis.

Tina Ger

Die Nachtfahrt

Ingo Motte fuhr den Zweiachs-Lkw ohne Anhänger wie einen spritzigen Kleinwagen. Nachdem er jahrelang auf Sattelschleppern gesessen hatte, kamen ihm die 12-Tonner immer noch wie wenige Lenkdrachen vor. Sie gingen ihm leicht von der Hand. Er mochte das Schwerelose, auch wenn das eine maßlose Übertreibung war. Vielleicht war es auch einfach sein Gemüt, das sich langsam erholte. Die letzten Tage mit seiner Frau hatten seine Nerven blank gelegt. Ob am Krankenbett seiner Tochter, in den Konsultationsräumen der Ärzte, zu Hause im Bett, das sie teilten, auch wenn dieses Teilen nunmehr nur noch eine Gewohnheit denn ein Liebesakt war, fühlte er sich zunehmend nutzlos. Aus der Welt gefallen. Sie drehte sich weiter, doch spielte er keine Rolle mehr in diesem Szenario des Schmerzens, das seine Tentakeln um ihn gelegt und ihm den Atem zu nehmen versuchte. Das Ungeheuer hatte sich aufgeschwungen ihn zu vernichten und Motte war zu der Erkenntnis gekommen, nichts anderes, nichts Besseres tun zu können, als zu verschwinden.
Das war nicht richtig. Das wusste er. Es wurde von ihm erwartet zu bleiben. Er sollte seiner Frau, seiner Chidima, die er einmal so geliebt hatte, zur Seite stehen. Er sollte jetzt stark sein. Er sollte eine Stütze sein. Ja, er sollte

die Dinge, die in Scherben zu zerbrechen drohten, wenn sie es nicht sogar längst schon waren, zusammenhalten. Doch er konnte nicht. Er fühlte sich betäubt neben Chidima, die den ganzen Schmerz für sich deklarierte und ihm nichts davon zugestand. Misstrauisch beäugte sie ihn, wenn er den Kopf in die Hände fallen ließ, als versuchte er, ihr ihre Trauer streitig zu machen. Dabei ging es ihrer Tochter gut. Zumindest immer besser. Sie erholte sich. Die Ärzte sagten, sie sei jung. Ihre Knochen würden heilen. Sie würde gehen können, sie würde leben und ein ganz normales Leben haben, wie das jedes Kindes. Doch zu Chidima drang diese Information nicht durch. Sie sah ihre Tochter am Tropf hängen und bangte um ihre Zukunft. Nichts, was er oder die Ärzte sagten, konnte sie davon abhalten.

Motte hatte das Fenster heruntergekurbelt und ließ den lauen Nachtwind hineinwehen. Der Transit war schon immer seine Sache gewesen. Und er musste sich eingestehen, dass er auch den Nervenkitzel mochte. Ja, geruhsame Tage und Schonung würden seinen Bluthochdruck sicher verbessern, doch er brauchte Luft. Die bekam er auf der Straße. Er lehnte sich zurück, als er am Staatswappen der DDR vorbeifuhr und für den Panzer auf seinem Sockel zum schnellen Gruß die Hand hob. Die Hinfahrten waren ein Kinderspiel. Sie waren immer legal. Der Warenbegleitschein, der auf dem Armaturenbrett lag, war auf die VHS-Leerkassetten ausgestellt, die er geladen hatte. Ein gutes Gefühl. Die Klarheit der Dinge gefiel Motte schon immer. Die Metallzäune, die rechts und links auftauchten, schreckten ihn nicht. Die langen Schlangen auch nicht. Er zündete sich eine Zigarette an. Das Passieren des Grenzüberganges in die DDR würde ein Leichtes mit seiner Ladung. Nachdem er West-Berlin verlassen und in Dreilinden den ersten Trupp Güterverkehr Grenzer und ihren Trachtenverein Grün-Weiß hinter sich gelassen hatte, tauchte vor ihm Drewitz auf. Jetzt würde es losgehen. Er freute sich fast und das hatte es noch nie gegeben. Vage wurde ihm bewusst, dass sich mehr in ihm verändert haben musste, als der Sturz seiner Tochter bewirkt haben konnte. Doch hatte er keine Zeit darüber nachzudenken. Er musste das Fahrzeug verlassen.

In der Abfertigungshalle wurden sein Ausweis und der letzte Visumsstempel, der sich auf voll gestempelten Seiten drängte, ein erneutes Mal vom Grenzschutz begutachtet, als hätte er Gelegenheit gehabt, ihn zwischen dem Förderband, Kontrollhäuschen und der Abfertigungshalle zu fälschen. Argwöhnisch stempelten sie seinen Warenbegleitschein und dann legten sie los mit ihrer Kontrollshow. Die Grenzer zogen an jeder Öse, die fuhren mit flacher Hand über die Plane, sie bückten sich, sie fotografierten, sie fluchten, sie schnüffelten, sie mokierten sich, sie besahen sich jeden Zwischenraum, notierten jede Kleinigkeit und benahmen sich dabei wie Götter in grauen Uniformen, deren Wohlwollen auf das Äußerste strapaziert wurde. Normalerweise überkam selbst dem Hartgesottenen ein Gefühl der Beklemmung, doch Motte fühlte sich befreit. Er lehnte am Trittbrett ins Führerhaus und genoss die Vorstellung, die sich ihm bot.

Als sich die letzten Schranken vor ihm öffneten, langte er wie automatisch nach dem CB-Funk, um sich auf Kanal fünf vor den Blitzern warnen zu lassen. Der Lkw ratterte über die saumäßig verlegten Betonplatten, die in der DDR als Autobahn gehandelt wurden. DaDang. DaDang. Motte fand in den gewohnten Rhythmus dieser immer gleichen holprigen Untermalung, die schon mehr zu seiner zweiten Haut geworden war, als er es sich bisher eingestanden hatte. Dann drehte er am Radio, um nach der Stimme der DDR zu suchen. Es war kurz nach elf und damit Zeit für ein Nachtprogramm, das ihn schon immer für die Grenzschikanen entschädigt hatte. Es würde noch bis 3 Uhr nachts laufen. Mit den ersten psychedelischen Klängen, die aus dem Radio drangen, wusste er bereits, dass es eine gute Nacht werden würde. Mädchen, schreib es mir in den Sand, empfahl Frank Schöbel und ließ Motte in sich hineinlächeln, als teilten sie ein Geheimnis miteinander. Etwas, dass nur Frank und er wissen konnten.

Die Frauen wurden Motte in den frühen Morgenstunden unweit von Słubice, ein paar Kilometer hinter der deutsch-polnischen Grenze, auf einem seit Jahren unbestellten Acker übergeben. Wie gewohnt, fuhr er mit ihnen in ein trostloses Industriegebiet, das am Stadtrand Słubices lag. Dort traf er auf Pawel, der die schweren Tore eines ehemaligen Schlachthofes für den Lkw öffnete. In den riesigen Kühlhallen verschwand der Lkw mühelos. Motte sprang vom Trittbrett und vertrat sich die Beine. Die Frauen führte Pawel in einen Verschlag, der notdürftig für den kurzen Aufenthalt eingerichtet war.

Keiner sprach ihre Sprache, dennoch verstanden sie ihre Hoffnung zu deuten. Sie wollten nach West-Berlin. Sie wollten in die Freiheit. Es waren schwarze Frauen. Die Erwartung, die in ihnen glühte, machte sie unstet und hibbelig, ständig stiegen sie von einem Bein auf das andere. Motte wusste, dass sie nicht aus der Karibik stammten. Sein Chef und West-Berlins Spitzenbordellier Oskar Schwarz verkaufte die Frauen als Karibikmädchen, weil er der Auffassung war, dass die Marke Karibik das Geschäft ankurbelte. Sein Puff lief ausgezeichnet und gab seiner Strategie recht. Erste Sahne, pflegte Schwarz zu sagen und spezialisierte sich auf schwarze Perlen. Sie waren sein Steckenpferd. Sogar Stadträte gingen bei ihm ein und aus. Motte hatte ihm vor Jahren Chidima abgekauft und sie vom Fleck weg geheiratet. Mit Papieren, die Oskar als Trauzeuge gestiftet hatte. Das war nobel. Oskar verstand sich auf Gesten dieser Art. Seither kannte Motte die Geschichten der Frauen, die er schleuste. Sie waren immer gleich. Armut war der Angelpunkt, der sie alle ins Ungewisse lenkte, der sie nach dem goldenen Westen erlangen ließ. Es genügte ihm ein Blick und er wusste, dass es auch dieses Mal wieder Afrikanerinnen waren.
Der ehemalige Schlachthof war ihr Umrüstungstützpunkt. Hier erhielt der Lkw seine Tarnung, um ihn und seine Ladung sicher zurück nach West-Berlin zu bringen. Den Kornbrand schaffte Pawel aus einem heruntergekommenen Bretterverschlag heran, den Schwarz das Lager nannte. Es handelte sich um verschnittenen Nordhäuser Doppelkorn, den sie nach immer neuen

Rezepten panschten und in die Originalflaschen füllten. Die roten Schraubverschlüsse erneuerten sie im Lager mithilfe eines Verschließautomaten, der dem Thüringer Originalproduzenten vor ein paar Jahren unter ungeklärten Umständen abhanden gekommen war. Den Kartons unzähliger Steuerbanderolen war dasselbe Schicksal widerfahren. Sie waren einer Bundesbehörde aus den Kellerräumen entwendet worden und zierten jetzt die verschnittenen Flaschen Korn, die von den Originalen in nichts zu unterscheiden waren. Außer im Geschmack. Doch dann waren sie gekauft, und wer wusste im Westen schon, wie der Ostkorn wirklich zu schmecken hatte?

Motte würde den Nordhäuser Doppelkorn verzollen, denn das gefiel ihnen am Grenzübergang. Das machte sie zahm. Das kannte er. Keine Strategie, die er sich selbst hatte einfallen lassen. Oskar hatte eine Leidenschaft für den Schmuggel. Er pflegte seine Arbeit mit der eines Kriegsstrategen zu vergleichen. Er hatte den Gegner an der Grenze zu überwinden und griff ob der Übermacht des Feindes, der in grauen Uniformen nur darauf wartete, den nächsten großen Fisch aus dem Verkehr zu ziehen, gerne zur List. Die List war auch so eines seiner Steckenpferde, obwohl er sich für einen rechtschaffenen Mann hielt. Aus ihr schöpfte er Lust, die er sich nicht nehmen ließ, sondern ständig erneuerte. Er war ein genauer Planer, er überließ nichts dem Zufall. Er feilte immer wieder an unfehlbaren Konzepten, er veränderte die Touren, variierte die Strecken, wechselte die Geschäftspartner und schreckte selbst nicht davor zurück, seine Transitfuhren direkt an Gründonnerstag oder in der heiligen Nacht anzusetzen. Oskar war eben unorthodox. Dafür hatte er noch nie eine Frau verloren. Mal von Chidima abgesehen, die Motte selbst heiratete, doch das war so viele Jahre her, das zählte nicht mehr. Das brachte die Statistiken, auf die Schwarz viel hielt, nicht mehr ins Wanken. Oskars ausgeklügeltem System folgend, versteckten Pawel und Motte die Frauen zwischen den Paletten mit Kornbrand in Hohlräumen, die durch die übliche Kontrolle durch den Zoll nicht zu erkennen waren. Sie hatten den gesamten Lkw entladen müssen, doch Motte achtete immer auf einwandfrei gefälschte Warenbegleitscheine und war in der Vergangenheit äußerst geschickt darin geworden, mangelhafte Fälschungen auszusortieren. Auf die Plane des Lkws brachten sie die Werbezüge des echten Nordhäuser Doppelkorns an.

Es hatte seit Tagen in und um Słubice geregnet. Jetzt, im Dunkel der Nacht, war der Nebel zu einer massiven weißen Wand geworden. Motte hatte sich tagsüber auf's Ohr gelegt, doch trotz der Abwesenheit von Tageslicht schlecht geschlafen. Immer wieder hatte er Chidima vor sich gesehen. Es war von Vorwürfen die Rede, doch er konnte nicht recht erfassen, was sie sagte. Immer wenn er sich ihr näherte, löste sie sich auf und verschwand. Er war wie gerädert erwacht, wie nach einem nicht enden wollenden Dauerlauf. Motte rauchte mit Pawel eine letzte Zigarette, bevor er sich auf den Weg nach West-Berlin machte. Pawel hatte starken Kaffee gekocht, der scheiße schmeckte, irgendwie angebrannt, doch Motte trank ihn bis zum letzten Schluck, als lohnte es sich, sich an etwas Flüchtigem festhalten zu wollen.

Pawel schnippte die noch glühende Zigarette mit dem Mittelfinger in die Nacht. Der Regen löschte sie, noch bevor sie den Boden berührte. Motte trottete mit der Fluppe zwischen den Lippen zum Lkw. Pawel öffnete ihm die Tore. Mach's gut!, ließ Motte vernehmen und hob für Pawel die Hand.

Bis zum nächsten Mal, gab dieser zurück. Motte hatte nicht erwähnt, dass er mit den Transittouren Schluss machen würde. Er erwähnte auch nicht, dass er die Strecke, die Schwarz ihm vorgegeben hatte, minimal verändern würde. Eine winzige Abweichung, die ihn kaum mehr als ein paar Minuten im Zeitplan zurückwerfen würde. Zu vernachlässigen, also wozu die Kleinigkeit erwähnen? Er wollte das Extrageld, das Tamara zu zahlen gewillt war, also nahm er sich die Freiheit. Das Risiko konnte er einschätzen. Er war lange genug dabei. Er wusste, was er tat, und es war das Richtige. Nicht weil er sentimental war, obgleich ihm Tamaras Geschichte nicht kalt gelassen hatte.

Sie hatte ihm erzählt, wie sie und ihre Schwester Katja einstmals im Moskauer Kinderheim Nr. 14 aufgewachsen waren. Dort hatten sich die Geschwister vor gut zehn Jahren das letzte Mal gesehen. Es hatte dort keine Namen gegeben. Das erstaunte Motte immer noch. Der Russe war subtil, er war gewitzt. So kannte Motte ihn. Im Erziehungsheim wurden Nummern gerufen und den Kindern damit ihre Identität und Erinnerung an ein Zuhause geraubt, das ihnen bald wie eine Illusion vorgekommen

war. Nummern an den Kinderbetten und den Revers der
weißen Schürzen, die sie trugen. 3/17 war Tamara in ihrer
Kindergruppe gewesen, weil sie das Dritte von siebzehn
Kindern war, die die Schwester betreute, der sie zugeteilt
war. Bis eines von ihnen der Schwindsucht in einem besonders kalten Winter erlag und sie zu 3/16 wurde. 18/46
in ihrer Altersklasse und eine von Hunderten Waisen-
kindern im gesamten Moskauer Raum. Tamara hatte die
Nummern hinter sich gelassen und war geflohen. Eisern
sparte sie, was sie Oskar nicht abzuführen hatte, um
Katja nachzuholen. Sie wollte nicht, dass auch ihre kleine Schwester für ihn arbeitete, weshalb sie Oskar nicht
um Hilfe bat. Sie wollte selbst für Katja aufkommen und
nahm die Dinge daher ganz allein in die Hand. Das Geld,
das Tamara Motte für die Mitnahme Katjas zahlte, war
die Lösung für seine Probleme. Zumindest hoffte er das.
Er würde mit Chidima und seiner Tochter, sobald sie sie
aus dem Krankenhaus entließen, ein paar Tage ans Meer
fahren. Sie würden wieder zusammenwachsen und vielleicht sogar West-Berlin verlassen. Vielleicht zogen sie
nach Kiel? Motte malte sich in den letzten Tagen immer
wieder aus, wie es wäre, von Möwen geweckt den Tag zu
beginnen.
Er war bereits auf dem Berliner Ring, als er kurz vor dem
Möllenberg von der Autobahn abfuhr. Hinter der Tankstelle bog er in einen kleinen Waldweg ein. Die Äste der
Bäume klatschten gegen die Plane. Er fuhr nicht weit,
bis zur Weggabelung, die breit genug war, um dort zu
wenden. Dann stieg er aus, zündete sich eine Zigarette

an, streckte sich und seine Gliedmaßen und suchte einen
Baum, an dem er sich erleichtern konnte. Nur Sekunden,
nachdem er den Reißverschluss der Hose geschlossen
hatte, hörte er ihre Stimme.
Hallo? Komm her, sagte er in die Dunkelheit zurück.
Sie stieg mit einem kleinen Rucksack aus dem Unterholz.
In dem dünnen Sommerkleid, das sie trug, musste sie ge-
froren haben. Sie sah verschreckt aus, hielt sich jedoch
wacker. Motte öffnete die Fahrertür. Sie trat an ihn heran
und streckte die Hand aus. Katja, sagte sie. Motte, grinste er zurück. Es war ein Reflex, der ihn antworten ließ,
obgleich er wusste, dass Namen besser keine Rolle spielten. An normalen Tagen hätte dieser Reflex ihn hellhörig werden lassen. Er hätte sich ihm widersetzen und die
Klappe halten können, doch es waren schon lange keine normalen Tage mehr gewesen. So griff er nach ihrer
Hand. Sie war kalt und klamm. Der Hohlraum unter dem
Fahrersitz war alles andere als gemütlich, doch eine andere Möglichkeit gab es nicht. Der Frachtraum war seit dem
reibungslosen Grenzübergang bei Frankfurt verplombt.
Motte konnte sie nicht zu den anderen Frauen stecken.
Zumal nicht gesagt war, dass sie es dort wesentlich be-
quemer hätte. Die Frauen mussten die Fahrt über eng an
eng stehen, sie hatten es nicht weniger dunkel und laut,
doch dort zirkulierte die Luft, während Katja bald mit
Kopfschmerzen und Schwindel zu kämpfen haben würde. Wenigstens würde sie in ihrem Verschlag nicht frieren. Motte gab ihr eine alte Decke. Sie warf zuerst ihren
Rucksack in den Hohlraum und stieg dann selbst hinter-

her. Wie weit ist es noch? Nicht mehr weit, beruhigte sie Motte. Selbst zehn Minuten in diesem Loch waren zuviel, doch davon erzählte er ihr nichts. Sie würde es schon selbst herausfinden.

Als er zurück auf der Autobahn war, stellte er das Radio an. Sie würde es zwischen den Motorengeräuschen hören können. Motte rechnete sich aus, dass es beruhigend auf sie wirkte. Doch wer konnte schon wissen, was Katja da unten die Nerven behalten ließ? Wahrscheinlich eher der Gedanke an ihre Schwester Tamara und die Freiheit, der sie entgegensah. Aber so weit war es noch nicht. Trotz des Wissens um seinen Abschied spürte Motte keine Wehmut. Er spürte nicht einmal das Verlangen, sich zu verabschieden. Er schloss irgendwie mit leichter Hand mit dem Transit ab. Das hatte er nicht erwartet. Vielleicht würde das auch noch kommen. Das Bereuen, denn die Transite hatten ihm eine Freiheit geschenkt, die er sich in seinem neuen Leben kaum vorstellen konnte. Er war immer in Bewegung gewesen. Er hatte diesen Nervenkitzel, dieses Gefühl, es mit der Welt aufnehmen zu können, sobald er mit den Taschen voller Geld erfolgreich in West-Berlin stand, doch immer geliebt. Das würde nun niemals mehr wiederkommen. Dafür gab es keinen Ersatz. Er würde wieder auf Sattelschlepper umsteigen und für Baufirmen arbeiten, die Schwertransporte vornahmen. Das war zäh, das war langweilig, das war eigentlich eine Art Vorhölle, auf die er da zusteuerte. Doch genau genommen, hatte sich sein ganzes Leben bereits in diese Richtung entwickelt. Was machte es jetzt schon noch für einen Unterschied.

Als er auf die Schranken des Grenzübergangs zufuhr, griff Motte nach seinem Päckchen Zigaretten. Er bemerkte leichte Nervosität, die in seinem Magen begann. Das gehörte dazu. Das war Teil des Unternehmens. Das Adrenalin würde ihn schon wieder auf Zack bringen. Es würde ihn wach machen und unbesiegbar, wie jedes Mal. Aber Motte machte sich auch nichts vor. Dafür war er zu lange im Geschäft. Zu viel Selbstbewusstsein, das ließ die grauen Uniformen hellhörig werden. Es bedurfte genau der richtigen Menge, es bedurfte dieser goldenen Mischung aus Aufrichtig- und Unterwürfigkeit. Das war die Grenzmischung. Das war der Schlüssel zur freien Durchfahrt. Was haben Sie zu verzollen? Nordhäuser Doppelkorn, 18 Paletten. Warenbegleitschein? Motte reichte die Papiere aus dem Fahrerhäuschen. Warten Sie. Er ließ das Fenster heruntergekurbelt. Die Nachtluft war kühl und klar. Sie wirkte beruhigend. Er lehnte sich im Sitz zurück und schraubte die Thermoskanne mit dem Kaffee auf, den Pawel ihm mitgegeben hatte. Es waren nur 17 Paletten, die er geladen hatte, doch die sechs Frauen, die hinten zwischen den Paletten standen, machten den Gewichtsunterschied bis auf den Gramm genau wett. Oskar eben. Er ließ nichts außer Acht. Motte hätte nicht sagen können, was es war, doch Pawels Kaffee, den er vor ein paar Stunden noch ungenießbar gefunden hatte, schmeckte ihm jetzt. Irgendwie erschien er ihm nicht mehr verbrannt, sondern aromatisch. Genau richtig. Er hatte seine Tasse nicht ganz geleert, als sie ihn auszusteigen aufforderten, doch das war normal. Sie ließen ihn an ihrer üblichen Kontrollshow teilhaben. Die Grenzer liefen um den Lkw, sie betatschten und begutachteten, sie prüften und befühlten, sie stellten ihre Fragen, wie sie es immer taten. Motte kannte sie alle, seine Antworten kamen wie aus der Pistole geschossen, er hatte nicht darüber nachzudenken, es waren Reflexe. Wie er da so stand, den Grenzern zusah und ihre Fragen beantwortete, kam er zu der Überzeugung, dass dieser letzte Transit wohl zu einem Transit unter vielen werden würde. Später würde er nicht mehr sagen können, was ihn zu dieser Annahme verleitet hatte. Sie war falsch, denn als den Grenzern die Äste ins Auge fielen, die sich in den Ösen der Lkw-Plane verfangen hatten, antwortete Motte auf ihr Nachfragen leichthin, dass sie von den Bäumen stammten, an denen er vorbeigefahren sei. Er ließ sich sogar zu einem leisen Lächeln hinreißen. Schließlich ein sinnfälliges Szenario. Er bemerkte einfach zu spät, dass es keine Bäume gab, die er auf der Autobahn zwischen Frankfurt/Oder und dem Grenzübergang Dreilinden in der notwendigen Distanz hätte passieren können. Er bemerkte zu spät, dass ihre Frage eine Fangfrage war. Als die Erkenntnis langsam zu ihm durchdrang, dass sie ihn hochnahmen, dass es vorbei war, dass er einen Fehler gemacht hatte, den er sein Leben lang würde bereuen müssen, da waren sie bereits dabei, ihm den Lkw auseinanderzunehmen.

Er war verloren und mit ihm die Frauen. Er hatte Oskars Frauen verloren. Das war unverzeihlich. Das würde ihn seine Zukunft kosten. Mottes Gedanken rasten. Warum nur hatte er sich von Tamara hinreißen lassen? Es wäre

auch ohne das Extrageld gegangen. Sie hatte ihre Schwester womöglich endgültig verloren, weil sie auf Motte gesetzt und Oskar außen vor gelassen hatte. Sie hatte Roulette gespielt und auf die falsche Farbe gesetzt. Er fluchte leise, während um ihn herum die Afrikanerinnen entladen wurden. Ihre Angst hatte sie verstummen lassen. Motte staunte, wie viele Schicksale in einem Moment zerbrechen konnten. Würden sie zurück in ihre Dörfer geschickt werden? Würde ihnen das gefallen? Ein Trupp grauer Grenzer hatte sie vor der Prostitution gerettet, doch das wussten sie nicht. Die Frauen wollten vorwärts. Motte ahnte nach Chidimas Erzählen, dass selbst das Wissen um die Prostitution sie weder abgehalten noch zurückgeschreckt hätte. Nun aber mussten sie zurück. Es ging nicht mehr weiter. Das wars. Seine Frau und Tochter würden sich ohne ihn durchschlagen müssen. Er war kaltgestellt. Um seine Handgelenke legten die Grenzer Handschellen. Abmarsch, schoben sie ihn voran.
Er bewegte sich auf unsicheren Beinen. Er war erledigt. Motte schluckte. Er hatte es versiebt. Scheiße.

Tina Ger wurde 1976 in Berlin-Steglitz geboren. Sie studierte an der Deutschen Film- und Fernsehakademie und arbeitete später als Dramaturgin, Producerin und Drehbuchautorin. Unter Tina Janik erschien 2013 mit »Schicksalsspieler« ihr erster Roman.

Norbert Kron

Fremd gehen. Eine Seitensprungnovelle

»Mit einer Frau schlafen und mit einer Frau einschlafen sind
nicht nur zwei verschiedene, sondern geradezu gegensätz-
liche Leidenschaften. Liebe äußert sich nicht im Verlangen
nach dem Liebesakt, sondern im Verlangen nach dem
gemeinsamen Schlaf.«
Milan Kundera

1

Und dann spürte er sie wieder, spürte wieder diese
Angst vor Entdeckung.

Sie waren ganz in den Norden der Insel gefahren, waren in den Dünen von List spazieren gegangen, wo sie
völlig allein gewesen waren, und nun, als sie zurück in
den Ortskern liefen, dorthin, wo er den Wagen geparkt
hatte, gerieten sie mitten in eine Menschenmenge, die
sich vor der Lister Kirche ballte. Ein Hochzeitspaar trat
aus dem Eingang, das sich, angefeuert von der Menge,
auf dem Treppenabsatz küsste. Sie blieben stehen, überrascht von dem Schauspiel, in das sie geraten waren,
und beobachteten, wie die Braut und der Bräutigam
sich im Arm hielten. Er war ein hochaufgeschossener
Blonder, der einen schwarzen Cut trug, und sie, in
einem weißen Kostüm, war eine lustige Kleine. Niels

spürte, wie sich seine Begleiterin mit ihrer Hüfte an ihn drückte, und der Stromstoß, der ihm in die Glieder fuhr, ließ ihn wieder registrieren, in welcher Situation sie beide sich befanden, in diesem Ausnahmezustand, den er völlig verdrängt hatte.

Am liebsten hätte er Kristin sofort aus der Menschenmenge herausgezogen, hätte sie fort von diesem öffentlichen Ort gebracht, in ihr heimliches Nest, wo sie beide für sich waren, aber ein breit grinsender Einheimischer hatte ihnen schon zwei Becher mit Sekt in die Hand gedrückt, sodass ihnen nichts übrig blieb, als mit einem verschwörerischen Lächeln auf das Paar anzustoßen.

»Na denn«, raunte Kristin, »wenn das kein Omen ist.«

»Willst du mir drohen?« Niels grinste: »Wir wissen doch, was den beiden blüht.«

Sie beobachteten das Brautpaar, das sich der Menge zeigte. Wie ein Präsent, das er nicht mehr hergeben würde, hielt der Bräutigam seine Braut umschlungen, und sie lachte zu ihm hinauf. Reis regnete auf sie herab, Fotoapparate blitzten von allen Seiten. Niels bemerkte, wie sich sein Unbehagen verstärkte. All die Schnappschüsse, auf denen er mit Kristin abgelichtet werden konnte. Doch so unangenehm es ihm war, dass sie von jedermann als Fremde erkannt werden konnten, so wenig konnte er sich von der Szene lösen. Und es war weniger die feiernde Menge, die ihn hier festhielt, weniger der Alkohol – es war der Anblick dieses Pärchens, waren ihre Blicke, von denen er sich nicht losreißen konnte. Wann hatte er je zwei Menschen gesehen, die sich so anstrahlten? Die nichts anderes im Sinn hatten, als sich ein künftiges Zuhause aufzubauen?

Und er – dachte er bei sich – war mit der Frau an seiner Seite nur zu einem einzigen Zweck hierher gekommen. Er wollte mit ihr ins Bett, wollte mit ihr fremdgehen. Er betrachtete sie, wie sie an seiner Seite stand. Auch sie war ja verheiratet. Auch sie war von zu Hause ausgebrochen, drauf und dran, ihren Mann zu betrügen. Sein Blick wanderte von ihrem Gesicht hinab zu ihrem sinnlichen Hals, der ihn schon seit ihrem Kennenlernen rasend machte.

Sie hatten sich über eine Internetplattform kennengelernt. Sie hatten E-Mails ausgetauscht und sich darüber verständigt, dass sie beide seit Längerem über das Gleiche nachdachten – über einen heimlichen Seitensprung. Vor drei Wochen hatten sie sich zum ersten Mal in einem Café in Hamburg-Altona getroffen, in einem Stadtteil, fern von ihren Wohnungen. Das erste Date war vielversprechend verlaufen. Sie hatten sich übers Internet weitere Mails geschrieben, waren sich bei einem zweiten Treffen näher gekommen. Niels war der Ungeduldige, sie die Kokett-Zögernde. Stets hatte sie seinen Annäherungen etwas mehr Raum gegeben, ohne durchblicken zu lassen, ob er zum Ziel kommen würde. Doch dann hatte sie ihm vorgeschlagen, einen Wochenendausflug nach Sylt zu machen. Beide hatten sich für das Wochenende von zu Hause abgemeldet und bei ihren Ehepartnern eine Geschäftsreise vorgetäuscht.

Und nun standen sie hier inmitten der Hochzeitsgesellschaft, nur wenige Kilometer von dem Hotel entfernt, das er in Westerland gebucht hatte – und Niels bekam plötzlich Angst, im letzten Moment entdeckt zu werden. Es war eine völlig irrationale Angst auf dieser Insel. Wer sollte sie ausgerechnet hier in List erkennen?

2

Es war vier Uhr. Er presste seinen Körper an sie, sodass ihr der Zustand seiner Lust nicht entgehen konnte. Am liebsten hätte er sie sofort dazu gebracht, ins Hotel zu fahren. Er konnte es kaum erwarten, mit ihr allein zu sein – aber sie wollte sich noch den Hafen anschauen, wollte noch eine Kutterfahrt machen. Weil er begriff, dass sie noch nicht so weit war, beschloss er, sie nicht zu drängen, sondern ihr Zeit zu lassen, bis sie ganz von selbst das Nachtquartier beziehen wollte.

Sie kauften Tickets bei einer Reederei, machten eine anderthalbstündige Schifffahrt entlang des »Ellenbogens«, beschlossen dann, in einem Restaurant am Hafen eine Kleinigkeit zu essen. Je länger der Tag sich hinzog, desto mehr schien die Annäherung zu stagnieren, desto fremder schienen sie einander wieder zu werden. All die Dinge, die sie unternahmen, schoben sich zwischen sie, hielten die Entwicklung zwischen ihnen auf, anstelle sie zu beschleunigen. Er nahm sie des Öfteren am Arm, berührte sie wie zufällig mit der Hand, wenn sich ein Stück nackter Haut zwischen ihrem Bund und ihrem knappen T-Shirt zeigte. Und sie zog den Arm nie zurück, suchte nie Abstand von ihm – aber es war auch keinerlei Erwiderung von ihrer Seite zu spüren, das beständige Fortschreiten ihrer Nähe, das er noch vor der Kirche gespürt hatte, es schien aufgehalten zu sein – als sei sie immer noch unschlüssig, ob sie es bis zum Äußersten kommen lassen wollte.

Endlich, um neun, verließen sie das Lokal und gingen zum Parkplatz. Draußen begann es zu dämmern. Er legte den Arm um sie, sie sah zu ihm auf. Als er sich ihr näherte, wich sie nicht zurück. Jetzt, endlich, schien sie bereit zu sein. Jetzt schien sie sich genug Zeit genommen zu haben. Als seine Hände über ihren Körper glitten, begann sich ihr Atem zu beschleunigen. Er drängte sie gegen den Wagen, presste sich an sie. Am liebsten hätte er sie hier genommen, aber sie forderte ihn auf, ins Hotel zu fahren. Die Kleider flüchtig geordnet, fuhren sie nach Westerland.

Das Hotel, das er ausgesucht hatte, lag direkt im Zentrum. Es war eines der besseren Häuser. Schon von der Ferne konnten sie sehen, wie seine Fassade im Schein rot und blau blinkender Lichter leuchtete. Je näher sie kamen, desto deutlicher sahen sie den Auflauf, der sich vor dem Hotel gebildet hatte. Menschen rannten durcheinander, Schaulustige, die verschiedene Polizei- und Feuerwehrautos umringten. Die Straße war abgesperrt. Mit gereckten Hälsen versuchten er und Kristin zu sehen, was sich ereignet hatte, konnten aber nichts Genaues ausmachen. Kurz darauf betraten sie die Lobby durch den Hintereingang. Als sie mit fragenden Gesichtern an die Rezeption kamen, wies die junge Angestellte mit dem Kopf auf die Eingangstür, in der der Portier stand. Sie gingen hinüber und sahen das Chaos auf der Straße. Ein alter Mann stützte eine Frau, während verschiedene Polizisten die herumstehenden Leute befragten, und dahinter, im Zentrum des Tumults, stand ein völlig demoliertes Auto, das Wrack einer schwarzen Limousine.

»Was ist passiert«, stieß Kristin aus. Niels sah die feine Zeichnung ihres Profils. Noch ihr Schweigen, erhellt vom Takt der roten und blauen Blitze, weckte sein Verlangen.

»Eine junge Frau«, erwiderte der Mann in der Uniform, und seine Stimme begann zu versagen, »sie hat heute nachmittag in List geheiratet.« Er riss die Hände in die Höhe.

Niels erstarrte. Im selben Moment erblickte er auf der anderen Straßenseite den Bräutigam, der auf dem Bordstein kauerte und von mehreren Menschen umringt wurde. Nach und nach erfuhren sie, dass die Hochzeitsgesellschaft nach der Trauung in ein Lokal in Kampen gefahren war, um dort zu feiern. Nach dem Essen, nach einigen Hochzeitsreden und -spielen, wollte die Braut mit ihrem Bruder voraus ins Hotel fahren, wo das Abendessen stattfinden sollte. Der Bräutigam war von seinen Freunden angestachelt worden, ihr nachzufahren, sie einzuholen. Aus Jux entwickelte sich ein Verfolgungsrennen zwischen den Autos. Alle waren bereits betrunken gewesen, winkten und schrien sich zu.

Als sie die Kreuzung vor dem Hotel erreichten, geschah es: Der Wagen der Braut ignorierte ein Rotlicht und wurde von einem Geländewagen gerammt, der sich wie ein Rammbock in die Beifahrertür bohrte. Die junge Frau, die neben dem Fahrer gesessen hatte, war vor den Augen ihres Mannes, der zehn Meter hinter ihr in dem anderen Wagen saß, eingequetscht worden. Ihr Bruder, der Fahrer, erlitt lediglich Schürfwunden. Sie wurde im Koma ins Krankenhaus gebracht.

Niels starrte hinaus in die Lichter. Da war ein dumpfer Schlag in seinem Innern, ein Einschlag, der etwas in ihm zum Platzen brachte. Er spürte Kristin in seinem Arm, die den Kopf gegen seine Schultern gelehnt hatte. Sie atmete schnell. Er griff nach ihrer Hand, zog sie an sich.

»Lass uns auf unser Zimmer gehen.«

Sie nickte stumm, blieb wie angewurzelt stehen. Er musste sie wegziehen, hinüber zum Lift. Draußen, hinter den halbgeschlossenen Jalousien, lag die Nacht wie ein Felsblock.

3

Sie lagen auf dem Bett, zwei schweigende Körper, deren Atem in der Stille auf und ab floß. Es war, als ob die Zeit selbst atme.

»Was meinst du?«, flüsterte er in ihr Haar, »sollen wir uns eine Stunde ausruhen und dann etwas essen gehen?«

Er hatte die Menschenmenge vor Augen, die lustigen Leute, die das Brautpaar gefeiert hatten.

»Ich kann jetzt nichts essen.«

Sie hob für einen Moment den Kopf. Er wusste, dass sie dasselbe Bild vor Augen hatte wie er. Das Mädchen in dem weißen Kleid, das zu ihrem Mann aufsah.

Er nickte, strich ihr behutsam über den Kopf.

»Ich meine ja auch – später.«

Er berührte ihren Nacken, streichelte ihren Hals. Sie stieß einen leisen Laut aus, etwas wie eine Erinnerung an den Tag, und er begann ihren Hals zu küssen. Er dachte an die Stimmung, die zwischen ihnen bestanden hatte, diese spielerisch leichte, zweisame Stimmung, und merkte, wie seine Hand mit einer Bewegung unter ihr T-Shirt glitt. Er registrierte, wie seine Fingerkuppen über ihre Haut strichen, wie seine Lust zurückkehrte und ihn zu lenken begann. Seine Hand wanderte über ihre Flanke hinüber zu ihrer Brust, während seine Küsse sich bis unter ihr Kinn voranarbeiteten. Mit einer Bewegung, die durch ihren Körper ging, sagte sie:

»Lass, bitte. Es geht nicht.« Sie hatte sich aufgesetzt und legte sich abgekehrt von ihm wieder hin.

Natürlich, sie hatte recht. Er zog die Hand hervor, ließ von ihr ab. Er wusste ja selbst, dass es unmöglich war. Besänftigend strich er ihr über die Wange, ließ die Hand über ihr Kinn hinunter gleiten, wobei sich seine Finger in ihrem Kragen verhakten und sich sein Becken an das ihre drückte. Mit kleinen kreisenden Bewegungen schoben sich seine Finger wieder zu ihrer Brust vor. Etwas in ihm zwang ihn, dies zu tun. Er wusste, dass er dies bleiben lassen sollte, dass das, was er tat, ein Ding der Unmöglichkeit war, aber zugleich konnte er nicht anders – musste er es einfach tun.

Sie griff nach seiner Hand, legte sie zu ihm zurück und rückte von ihm weg.

»Ich kann das jetzt wirklich nicht. Tut mir leid.«

Er sah, wie sie vor sich ins Leere starrte. Er wollte irgendetwas sagen, aber wusste nicht was.

Sie erhob sich vom Bett, mit großer Bestimmtheit, und ging ans Fenster.

»Ich möchte diese Sache nicht mit dir und mir verknüpfen. Am liebsten würde ich gleich nach Hause fahren. Aber ich kann nicht nach Hause. Ich bin ja offiziell verreist.«

Niels saß am Bettrand. Er verstand genau, was sie meinte.

»Aber es gibt keinen Zusammenhang mit uns. Was dort draußen geschehen ist, ist entsetzlich. Aber wir können nichts dafür.«

Er stand auf, ging zu ihr hinüber, umfasste sie vorsichtig von hinten. Er spürte, wie sein Unterleib erneut reagierte. Würde er noch einen Versuch starten? Nein. Aber was würde aus morgen? Wäre ihr ganzes Arrangement umsonst gewesen? Was änderte sein Verhalten hier an dem Unfall da draußen? Er empfand einen Stich bei diesem Gedanken. Er hatte Angst, dass Kristin von ihrem Vorhaben abrücken – dass sie es als böses Omen ansehen würde, als Zeichen des Schicksals. Was für ein unglaubliches Zusammentreffen auf der Insel: die Hochzeit, das Unglück, dieses Hotel. Hätte er doch nur eine andere Absteige genommen, irgendeine Pension in List. Er fühlte sich schlecht. Er fühlte sich schlecht, weil er sich hereingelegt fühlte. Und er fühlte sich schlecht, weil er trotz des Unglücks noch immer an nichts anderes dachte.

»Natürlich, es stimmt, was du sagst.« Sie sah sich zu ihm um, hatte die Stimme gesenkt. »Natürlich gibt es keinen Zusammenhang mit uns. Aber unsere Begegnung war zu schön, als dass sie davon überschattet sein sollte.«

Sie wandte sich zu ihm um und schloss ihn in die Arme. Lange standen sie schweigend am Rande der Nacht.

Als sie zu Bett gingen, legte sich jeder auf eine Seite, getrennt durch den Spalt in ihrer Mitte. Niels fand keinen Schlaf, unentwegt kreisten seine Gedanken im Kopf, er vermochte kein Auge zuzutun, während er hörte, wie Kristin einschlief. Dann lag er neben ihr im Dunkel und horchte auf ihren Atem, ihren langsamen, gleichmäßigen Atem. Stunde um Stunde verging. So ruhig, wie sie neben ihm schlief, so voller Vertrauen sie in den Schlaf gefallen war, wurde auch er selbst ruhiger, hörte auf, mit sich zu streiten. Es dämmerte, die Vögel begannen zu schreien, und als ihn irgendwann, am frühen Morgen, die Müdigkeit doch noch zu umnebeln begann, empfand er inmitten der Schleier, die sein Bewusstsein umfingen, plötzlich eine helle, ihn ganz leicht machende Freude darüber, dass er sich in nur wenigen Stunden auf den Weg machen und heimfahren konnte, dass er sein Heim vorfinden würde, als wäre seit seiner Abfahrt nicht das Geringste geschehen.

Norbert Kron, geboren 1965, lebt in Berlin als Schriftsteller und ARD-Fernsehjournalist (u.a. »titel thesen temperamente«). Zahlreiche Veröffentlichungen, u. a. die Romane »Autopilot« (2002), »Der Begleiter« (2008). Stipendien u.a. Deutscher Literaturfonds, Villa Aurora Los Angeles. Zuletzt gab er die Anthologie »Wir vergessen nicht, wir gehen tanzen – Israelische und deutsche Autoren schreiben über das andere Land« heraus (mit Amichai Shalev, S. Fischer, 2015).

Manfred Theisen

Die Vergangenheit ist ein amerikanischer Schrottplatz

Ich liege auf dem Rücken im Schnee, schaue in den Himmel und sehe die Sterne. Seit zwei Jahren bin ich in Deutschland, seit einem halben Jahr in Berlin. Die Kälte dringt langsam in mich ein, durchfriert meine Jacke, meine Jeans, obwohl die Sterne so nah sind.

Aber in der Wüste sind sie mir näher. Und mein Mund ist trocken.

Ein Kerl, der sich schon länger in der Gegend aufhält, hat mir von dem Schrottplatz nahe Bagdad erzählt. Ich gehe um das Dorf herum. Die Straßen hier sind so staubig und sandig, dass es dir den Atem verschlägt. Niemand begegnet mir. Alle schlafen. Es gibt zwei Laternen im Ort. Ich sehe sie nicht, aber den Lichtschein zwischen den Häusern, der rötlichgelb in den Himmel strahlt. Die Sterne können dieses Licht nicht verdrängen. Es ist zu schwach. Der Schrottplatz ist nicht umzäunt. Das hat mir der Kerl auch erzählt. Ich soll mir einen Laster suchen und darin die Nacht verbringen. Die Gegend sei zu gefährlich um draußen zu schlafen. Einige Kämpfer würden ab und an auf eigene Faust herumlaufen und mir womöglich die Kehle durchschneiden, wenn sie mich in der Nacht finden. Auf dem Schrottplatz sei ich sicher. Er sagte: »Die Laster haben oft noch ein Bett hinter dem Fahrersitz. Da würde ich mich an deiner Stelle reinlegen. Habe ich auch so gemacht.«

Ich steige über Autoreifen hinweg.
Warum ist hier keiner?
Mir ist unheimlich. Was ich hier tue, muss bestraft werden. Du darfst nicht einfach auf einem Schrottplatz herumlaufen. Die US-Soldaten haben den Schrott zurückgelassen. Ich weiß nicht, worüber ich steige. Sind es Metallkisten oder Schränke? Die Farben sind grau. Meine Augen funktionieren ohne Licht kaum. Und mein Verstand kann nur an eines denken: trinken! Mein Gaumen ist so trocken wie dieser Staub, der auf den Kisten liegt. Ich steige auf eine der Kisten und sehe einen LKW.
Mir ist kalt.
Ich werde gleich ins Heim gehen.
Dort warten die anderen schon auf mich.
Mit den Gedanken in der Wüste liege ich im Schnee.
Mein Kopf ist voll von Vergangenheit.
Riesig ist die Vergangenheit, ein Schrottplatz.
Ich friere und dieser Schrottplatz ist in meinem Kopf.
Und mein Mund trocken.
Ich werde über all diesen Schrott zum Laster klettern.
Warum gibt es hier keine Wachleute? Schließlich ist alles sortiert: Autoreifen liegen bei Autoreifen, Kisten sind auf Kisten gestapelt, Türen auf Türen. Irgendjemand muss diese Ordnung geschaffen haben und sie erhalten.

Ich gehe zwischen Motoren umher, auf die silbern das Mondlicht fällt, Autobatterien haben sie ausgebaut, nebeneinander in Regale gestellt. Das Dach ist der Himmel für all das Gestern. Endlich erreiche ich den Laster.

Er ist amerikanisch riesig. Ich habe so etwas noch nie gesehen, nur in Filmen vom Einmarsch der Amerikaner in den Irak. Ich öffne die Tür. Sie quietscht nicht. Das Steuer ist abgebaut und trotzdem wirkt der Laster fahrbereit. Wenn die Amerikaner etwas bauen, dann hält es. Selbst in diesem Land, in dem nichts funktioniert außer dem Krieg. Hinter dem Fahrersitz gibt es keine Kabine. Die Glasscheibe vor mir hat einen Riss. Vom Krieg bleibt Schrott und Schrott kannst du verkaufen, aber keine gerissene Glasscheibe. Warum haben sie die Türen noch nicht ausgebaut? Mir ist es Recht, denn so fühle ich mich sicher im Sitz. Die Sterne leuchten gebrochen durch die Scheibe und meine Zunge klebt am Gaumen.

Ich schlafe ein.

Tief und unbewegt, träume nichts ...

Am nächsten Morgen steht ein Junge neben mir auf dem Trittbrett und hält eine Eisenstange in der Hand.

»Was machst du hier?«

Ich schweige. Er will nicht wirklich eine Antwort und mein Mund ist verklebt von Trockenheit. Der Junge hat vermutlich Angst, sonst würde er nicht so wütend schauen. Die Sonne ist der einzige Stern, der von der Nacht geblieben ist. Sie brennt in meinen Augen.

»Also?« Er stößt mich wieder in die Seite. »Was ist?«

»Ich habe Durst«, sage ich.

Er entgegnet mir nichts, sondern tippt mir mit der Stange gegen das Bein als würde er einen Hund wegscheuchen wollen. Wo soll ich hin? Ich steige aus dem Sitz wie aus einer Schale. Es war eine gute Nacht. Traumlos ist gut, denn Träume können nur schlecht sein. Ich verlasse das Ei der Nacht. Doch fühle ich mich immer noch wie umgeben vom Schlaf, als ich den Boden betrete. Die Sohle meiner Schuhe ist dünn, aber nicht löchern. Keine Erde dringt an meinen nackten Fuß. Wenn jetzt dieser Junge nicht neben mir wäre mit dieser Eisenstange, ginge es mir gut. So jedoch geht es mir schlecht. Ich habe Angst wie er, der kaum älter als ich sein wird.

Ich gehe an ihm vorbei und will nur weg. Irgendwohin, wo es Wasser gibt. Der Junge wird mir nichts zu Trinken geben. Er ist zu jung für Mitleid. Ich schaue mich um im Licht. Berge von Schrott. Sie kommen mir noch höher vor als in der Nacht. Auf dem Lack der Wagen kleben US-Flaggen, blau-weiß, Sterne, die in der Nacht nicht leuchten. Ich gehe, der Junge folgt mir, überall Reste vom Krieg um uns herum. Die Amerikaner kämpfen gegen die Gotteskrieger wie ein Skorpion gegen eine Schlange. Sie können nicht gewinnen, denn die Schlange ist unendlich lang. Mit jedem Stich des Skorpions wird sie länger. Ihr Gift verteilt sich im Körper der Schlange und stärkt sie. Als ich damals weggelaufen bin und ich über den Schrottplatz vor diesem Jungen meine Schritte beschleunigte, gab es noch keinen IS. Aber längst die Krieger Gottes.

Einige Kabelrollen stehen rechts und links meterhoch am Weg. Wie groß ist dieser Schrottplatz? Ein Mann kommt uns entgegen. Er ist hager, sehr hager und sehr groß, trägt einen Vollbart und ein weißes langes Hemd bis zu den Schuhen. Es ist so weiß, als würde er hier nicht arbeiten.

Er fragt mich ebenfalls, was ich hier suche.

»Hat hier geschlafen«, erklärt der Junge. Seine Stimme klingt nicht mehr ängstlich. Wenn du nicht alleine bist, verfliegt die Furcht. Das ist ein Gesetz. Deshalb hüte dich vor der Menge, wenn du fremd bist.

Er antwortet für mich und ich muss also nicht antworten – und gehe weiter. Mein Gefühl sagt mir, dass ich schneller gehen sollte! Ich drehe mich um und sehe den Mann. Er nimmt dem Jungen die Eisenstange aus der Hand. Ich will weglaufen. Doch mein Mund ist trocken und er ist schnell. Er tritt mir von hinten die Beine weg. Ich falle. Steine und Staub. Ich denke an das Geld in meiner Hosentasche und mein Handy, spüre den Schlag auf meinem Bein. In meinem Handy ist mein Leben. Der Mann schreit mich an und schlägt mir auf die Arme, die Seite, versucht meinen Kopf zu treffen, aber ich kann ihn abschirmen.

Er schlägt.

Ich spüre nichts mehr.

Hat er aufgehört? Ist er satt von seinen Schlägen?

Ich lege die Hand auf meine Augen, dann beschirme ich sie vor der Sonne. Ich schmecke Blut auf meinen Lippen.

Es ist mein Blut. Ich bin durstig. Sein Gesicht ist finster, seine Zähne sind weiß. Vielleicht ist er jünger als die Falten in seinem Gesicht. Er schreit und ich höre nichts. Sein Arabisch ist hart wie diese Stange. Hinter mir liegt ein Autoreifen und ich drücke mich daran ein wenig hoch, sodass ich fast aufrecht sitze.

Der Mann gibt die Stange seinem Sohn. Ich vermute, dass es sein Sohn ist. Mein linkes Bein schmerzt. Er hat einmal zu fest zugeschlagen. Der Sohn hebt die Stange und schlägt jetzt auf mich ein. Wieder auf mein Bein, mir in die Seite. Es ist als wolle er seinem Vater zeigen, was er gelernt hat. Aber er schlägt nicht auf meinen Kopf, und ich schütze mich nicht mehr.

Der Regen der Schläge endet.

Ich höre seinen Vater befehlen: »Hol Wasser, Junge.«

Ich hocke jetzt vor dem Autoreifen und warte zu Füßen des Vaters. Die Eisenstange liegt neben ihm. Es würde nichts nutzen, wenn ich nach ihr greifen würde. Ich könnte sie nicht einmal heben.

Der Vater fasst mein Kinn, befiehlt, ich solle den Mund öffnen. Und der Junge flößt mir Wasser ein. Es ist gut. Wasser ist mein Körper, ist der Körper des Jungen und seines Vaters, ist der Schnee, in dem ich liege.

»Was machst du hier?«, fragt mich eine laute Stimme. Es ist Aziz. Er hat das Zimmer gleich neben meinem und ist schon ein halbes Jahr länger hier als ich. Ich spüre die Kälte auf meiner Haut, höre die Autobahn in der Ferne. Abrollgeräusche, die einen Teppich über die Nacht legen.

In Berlin hat sich das Leben in die Häuser zurückgezogen.

»Also, sag. Warum liegst du im Schnee?«, fragt Aziz erneut.

»Auf dich warten«, sage ich und öffne die Augen.

Die Schneeflocken fallen weiß wie Sterne.

Mir ist kalt, aber Aziz reicht mir die Hand.

Wir gehen ins Haus und lachen, obwohl ich bald achtzehn sein werde.

Manfred Theisen lebt und arbeitet als freier Schriftsteller in Köln und Estland. Seine Arbeiten wurden in mehrere Sprachen übersetzt und ausgezeichnet. Zurzeit schreibt er einen Roman, der im Flüchtlingsmilieu spielt und im Frühjahr 2016 erscheinen wird.

Jule Müller

LAGeSo

»Wie genau sind wir damals nach West-Berlin gekommen?«, frage ich meine Mutter. Sie überlegt kurz. »Die Stasi hatte uns einige Tage vor der Ausreise schon die Pässe abgenommen. Mit der S-Bahn fuhren wir bis Friedrichstraße, wo wir am Tränenpalast mit einer Identitätsbescheinigung einreisen durften. Später bekamen wir vom Westen einen blauen Ausweis für politische Flüchtlinge ausgestellt.«
»Und warum wolltet ihr in den Westen?«, frage ich weiter. »Aber das weißt du doch? Weil wir nicht frei waren.«
»Ja, ich weiß. Ich wollte es nur noch mal von dir hören.«
Mit der S-Bahn sind meine Eltern und ich 1984 in ein besseres Leben gereist. In ein Leben, das es uns ermöglichte, in unseren Gedanken, Worten und Körpern frei zu sein. Viele Freunde gingen ins Gefängnis, wurden von ihren Kindern getrennt, gefoltert. Manche wechselten zur Stasi, andere starben beim Versuch, endlich frei zu sein. Meine Eltern mussten nur kurz notdürftig in West-Berlin unterkommen, dann gab man ihnen Geld für eine eigene Wohnung, die Möglichkeit, ihrer Arbeit nachzugehen, sogar in den Urlaub zu fahren. Ich wuchs direkt neben dem LAGeSo in der Lübecker Straße auf. Als Kind ging ich dort mit der Schule zum Impfen.

Jamil, 21, Pakistan

Ich sitze mit Jamil auf einem Stück Pappe am LAGeSo, die
Sonne scheint und wir trinken einen Becher Leitungswas-
ser zusammen. Ich kenne ihn seit etwa zwei Wochen. Jamil kommt aus Pakistan. Er ist alleine nach Deutschland
geflohen, das hat drei Jahre gedauert. Er zählt die Länder
auf, durch die er gereist ist und ich zoome zwischendrin
gedanklich einfach weg, weil ich nicht verstehen kann,
wie ein Mensch zu solch einer Reise in der Lage ist. Ich
verstehe vieles nicht, hier am LAGeSo.
Jamil ist 21. Das erste Mal sah ich ihn am Wasserstand,
wo ich mit anderen Helfern zusammen tausende Becher
füllte und verteilte. Er bat mich sehr höflich um Hilfe,
aber seine Verzweiflung war nicht zu übersehen. Die Art,
wie er mich voller Demut »Mam« nannte, der Fakt, dass
er mich an meinen alten Schulfreund Jerome erinnerte,
und seine dünne, jungenhafte Erscheinung trafen mich
direkt im Herzen. Er rührte mich, ohne wirklich etwas
getan zu haben. Ich wusste nur, dass er momentan im
kleinen Tiergarten schlief, wie so viele andere Männer,
die keinen Platz in einer Unterkunft kriegen konnten.
»Es ist doch warm draußen und die sind jung«, hatte ich
mal wen vom Amt sagen hören. Wenn man Jamil ansah,
wusste man, dass es nicht darum ging, ob es nachts warm
oder kalt war, sondern darum, dass er irgendwo ankommen, irgendwo in Sicherheit schlafen wollte.
Ich lief mit einer Ladung Wasser über das staubige Feld in
Richtung der am Zaun Wartenden. Jamil kam hinterher

und nahm mir die schwere gelbe Postkiste ab. »I want to help you, Mam«, sagte er. »Aber du hast doch gar keine Handschuhe an und beim Tuberkulose-Test warst du auch noch nicht«, sagte ich auf Deutsch, wohlwissend, dass er mich nicht verstehen würde und dass diese Hygienevorschriften mir selbst total am Arsch vorbeigingen. Aber wenigstens hatte ich es angesprochen. Wir trugen Kiste um Kiste in die Menge. Es waren 39 Grad an diesem Montag. Jedes Mal, wenn jemand einen Becher nahm, verbeugte sich Jamil ein wenig, als würde er sich dafür bedanken, dass er helfen durfte.

Obwohl Jamils schwarze Haare an den Seiten abrasiert waren, sah er aus wie ein Musterschüler. Seine Haut war glatt und warm. Er trug ein grünes T-Shirt, daran erkannte ich ihn schnell in der Menge. Er besaß außerdem noch eine braune Stoffhose, geschlossene Schuhe und ein Handy. Das war's.

Um sieben Uhr abends wurde das Gelände in Moabit geräumt. Hunderte Menschen versammelten sich auf der Straße. Jamils grünes T-Shirt sah ich hier und dort im Trubel aufblitzen. Zwei Gelenkbusse der BVG kamen und holten je etwa 60 Menschen, um sie in Notunterkünfte zu bringen. Weil Jamil nach seiner Ankunft an diesem Tag noch keine Wartenummer ergattert hatte, wurde er von einem Security-Mann mit dem Arm zur Seite gedrückt. »Weg, weg, weg hier.« Ich hatte dreizehn Stunden in der Sonne gearbeitet und nicht mal etwas gegessen. Ich hätte eh nichts essen können. Ich befand mich in einem schwierigen Zustand – geistig völlig überdreht von den unzähligen Eindrücken des Tages und körperlich am Ende. Ich hätte zuvor niemals erwartet, dass diese Arbeit mich so wegreißen würde, aber sie hatte mir komplett das Fundament geraubt. All die Gesichter, all die Geschichten, all die Kranken und Schwangeren und Alten und Kinder und all die fassungslosen Helfer – es war einfach zu viel. Als es hieß, ein Aufmarsch der Bärgida sei im Anflug, ging ich. Das hätte ich nicht mehr verkraftet. Wir hätten Jamil mitnehmen können, aber meine Mitbewohnerin und ich waren völlig überfordert und wussten ganz genau, dass uns das seelisch den Rest geben würde, dass wir dann kein Stück Normalität mehr würden wahren können. Ich strich Jamil über den Arm und entschuldigte mich dafür, dass ich an diesem Tag nichts für ihn tun konnte. Dabei weinte ich, obwohl ich es mir hatte verkneifen wollen. »It's okay, Mam. Don't worry, Mam«, sagte Jamil und verbeugte sich wieder. Dann fuhr ich davon und weinte fast den ganzen Heimweg. Zu Hause fühlte ich mich schlecht und machte mir einen Tee. Dort, in dieser Küche hätte er auf einer Luftmatratze etwas Platz finden können.

Nachts schlief ich kaum, nach ein paar Stunden machten wir uns wieder auf nach Moabit. In unseren Taschen hatten wir Handdesinfektion, Seifenblasen, Luftballons, Vitamintabletten, Papier, Stifte und tragbare Handyladegeräte. Es war kurz vor acht Uhr, als ich Jamils grünes T-Shirt auf dem Platz sah. Ich ging zu ihm. Er strahlte mich an. »Good morning, Mam!« Dabei schüttelte er überschwänglich meine Hand. Ein anderer Helfer hatte ihn mit nach Hause genommen für die Nacht und dort könne er auch noch länger bleiben. Ich war erleichtert. Ich war so erleichtert, dass ich ihn fast in den Arm genommen hätte. Ich hielt mich zurück, so wie man es mir geraten hatte. Jungen Menschen fasse ich manchmal im Affekt an den Oberarm oder klopfe ihnen auf die Schultern. Ob ich ihnen etwas Zwischenmenschlichkeit geben will oder selbst welche brauche, weiß ich nicht. Es fühlt sich manchmal einfach richtig an.

Dass Jamil nur ein T-Shirt hatte, fand ich inakzeptabel, vor allem bei den Temperaturen. Bevor ich mit einem großen Haufen gespendeter Festival-Shirts in die Menge ging, um sie zu verteilen, steckte ich mir eins davon in meinen Rucksack. Das sollte Jamil später bekommen. Die Leute auf dem Feld überrannten mich komplett, als sie sahen, was ich für Schätze in meiner IKEA-Tüte hatte. Schätze. Werbe-Shirts. Shirts, die die meisten von uns nicht mal geschenkt haben wollten. Hier waren sie Grund genug, sich dafür zu prügeln. Ich hatte in den wenigen Tagen schon gelernt, mich durchzusetzen und brüllte die Menge ansatzweise zur Raison. Nach etwa einer Minute waren alle 50 Shirts weg und die Menschentraube löste sich auf. Ein Mann schimpfte mit mir, weil ich nicht genug gebracht hatte. »Sorry«, sagte ich nur und ging schnell weiter.

Als ich Jamil das blaue Shirt brachte, wollte er es erst nicht annehmen. »But I have T-Shirt, look, Mam«, sagte er und zeigte auf sein grünes. Muttimäßig schwatzte ich es ihm auf und ging. Es gab so viel zu tun. In meinem Notizblock schrieb ich auf, wann wer was wie brauchte und in welcher Reihenfolge ich mich kümmern musste. Eine halbe Stunde später beobachtete ich Jamil, als er mit seinem neuen T-Shirt über den Platz lief. Nun hatte er zwei. In den nächsten Wochen sah ich ihn immer nur strahlend. Er wartete geduldig jeden Tag vor der Nummernanzeige und half immer mal wieder am Wasserstand. Manchmal, wenn ich nicht nach Moabit fuhr, rief er mich an und fragte, ob ich auf ein Wasser vorbei käme. So wie heute.

»Nice shirt«, sage ich zu Jamil, als wir dort so auf unserer Pappe sitzen. Er lacht. »I know! You gave it to me, Mam!« Ich habe ihn nie gefragt, ob er eine Familie hat und warum genau er aus Pakistan geflohen ist. Dieser Moment dort auf der Pappe wird unser letzter gemeinsamer sein. Danach werde ich ihn nicht mehr unter seiner Nummer erreichen und auch er wird nie wieder anrufen, um zu fragen, ob wir zusammen ein Wasser trinken. Was mir in Erinnerung bleiben wird, sind diese freundlichen Augen, das strahlende Lächeln und die Art und Weise, wie er mich Mam nannte.

Lochman, 17, Pakistan

Im Dönerladen auf der Turmstraße spricht mich ein Junge an. »Kebab?«, fragt er mich ganz leise ohne mir in die Augen zu gucken. An seinem orangen Rucksack einer Autofirma erkenne ich, dass er auch am LAGeSo war. Die hatten wir dort verteilt. Während ein anderer Helfer ihm einen Döner und ein Wasser kauft, versuche ich sein

Vertrauen zu gewinnen. Er starrt auf den Tisch, lächelt ein wenig, wirkt aber sehr ängstlich. Und er versteht mich nicht – oder er will es nicht. Ich setze mich neben ihn und erzähle etwas von mir, dass ich hier sei, um den Menschen zu helfen. Er sei alleine aus Pakistan gekommen und schlafe seit fünf Tagen im Park, erklärt Lochman. Er ist 17 und spricht neben den wenigen Brocken Englisch nur Urdu und Pashto – von beiden Sprachen habe ich noch nie gehört.

Er solle in Ruhe aufessen und dann würden wir ihn mitnehmen, an einen Ort mit einem Bett, etwas zu essen und einer Dusche. »Park is good«, sagt er. Dabei lächelt er wieder. Wir wissen, dass er nicht mit uns kommen möchte. Man kann ja auch wirklich keinem Jugendlichen, der diese immense Reise hinter sich gebracht hat, verübeln, dass er nicht einfach mit irgendwelchen Leuten mitgeht, nur weil die ihm einen Döner gekauft haben. Mir kommt es selbst alles komisch vor.

Wir finden keinen passenden Übersetzer am LAGeSo. Als Minderjähriger könnte Lochman auf jeden Fall irgendwo unterkommen, er ist aber nicht mehr im Dönerladen. Ich hatte es schon geahnt. Als wir später mit Taschenlampen durch den Park streifen, um nach obdachlosen Geflüchteten zu gucken, finden wir Lochman wieder, auf einer Matratze sitzend. »Come with us«, bitten wir ihn noch einmal. Lochman steht auf und zeigt uns, er müsse noch etwas holen. Im Weglaufen bittet er uns zu warten. »Two minutes«, sagt er.

Er kommt nie zurück.

Tarik, 19 + Halil, 22, Nordafrika

Ich sitze mit Tarik und Halil, den anderen Jungs und meiner Mitbewohnerin in unserer Küche. Wir sind eine kleine WG mit viel zu wenigen Zimmern. Wenn die Jungs duschen, ist danach das Bad unter Wasser gesetzt. Aber das ist okay, denn sie sind uns sehr ans Herz gewachsen. Vor ein paar Wochen fuhr ich mit meinem Freund Alex zum LAGeSo, wo jeden Abend zwischen 50 und 200 Menschen standen, die keinen Schlafplatz hatten – nicht mal in einer der Notunterkünfte. Der Senat kam nicht hinterher. Oder wollte nicht hinterherkommen. Den ganzen Tag hatte ich die Entscheidung total easy gefunden. Fremde Männer bei mir aufnehmen? Na logo. Dann saßen wir im Auto nach Moabit und mich überkamen unschöne Gedanken. Das sind Fremde, dachte ich. Fremde Männer, mit denen ich alleine in einer Wohnung schlafen werde. »Im schlimmsten Fall klauen die meine Kamera und etwas Bargeld und verpissen sich«, sagte ich zu Alex, den Gedanken verdrängend, dass man Menschen noch viel Schlimmeres antun kann.

Am LAGeSo angekommen, warteten dort etwa 120 Menschen, alle ohne Unterkunft. Die Familien und Frauen wurden zuerst auf private Unterkünfte verteilt. Und dann stand da diese Gruppe Jungs, einer schwarz und lang, die anderen kleiner und halt irgendwie arabisch anmutend. Alle vier lehnten lässig gegen die Absperrungen des LAGeSos. Ich unterhielt mich kurz mit der Gruppe. Sie kamen aus Somalia, Libyen und irgendwo aus Nordafrika.

Es war spät geworden. Einer der Helfer sagte uns noch: »Je länger ihr die mit nach Hause nehmt, desto mehr seid ihr verantwortlich.« Ich verstand das damals nur so halb. Erst später wurde mir klar, was er meinte. Wenn du Menschen bei dir wohnen lässt, dann steigt mit jeder Minute das eigene Verantwortlichkeitsgefühl. Wir teilten die Gruppe auf, zwei zu mir, zwei zu einer anderen Familie. Ich wusste nicht viel über diese beiden Jungs, außer, dass sie irgendwie freundlich aussahen. Wir stiegen ins Auto und erst im Nachhinein wurde mir bewusst, dass sie in den letzten Wochen und Monaten eine Skepsis gegenüber Fremden begleitet hat. Wie konnten sie wissen, dass wir es nur gut mit ihnen meinten? Konnten sie nicht. Konnte ich von ihnen aber auch nicht. Im Auto waren sie sehr ruhig. Mein Haus war mir etwas peinlich. Ich entschuldigte mich für den Müll im Treppenhaus, so wie ich es bei normalen Besuchern vielleicht getan hätte. Aber diese Jungs waren anders, sie hatten Dinge erlebt, die wir uns kaum ausmalen konnten. Müll im Treppenhaus war ihr geringstes Problem.

Wir saßen in der Küche und tranken ein Bier zusammen. Jeder eins. Tarik aus Somalia war der Lustige von den beiden, der andere – Halil – der Misstrauische. Ich zeigte ihnen ihr, also mein Zimmer. Es gibt dort ein Doppelbett, das ich deckentechnisch zur Feier des Tages ordentlich arrangiert hatte. Zuvor hatte ich ebenfalls ein Buch über Sex vom Nachttisch genommen. Auch das Papst-Bild, den Flyer der Zeugen Jehovas und die große Marienstatue hatte ich entfernt. Es ist schwer genug für meine deutschen Freunde, zu verstehen, was ich für fremde Religionen auf absurde Art und Weise empfinde.

Tarik trug eine Jacke, die mit bunten Fischen bedruckt war, Halil schien weniger gut ausgestattet. Ich legte ihnen vorsichtshalber Zahnbürsten, Deo und Rasierzeug hin. Wir saßen bis nachts in meiner Küche und redeten über meine und ihre Heimat und deren und über Korruption, Militärdiktaturen, Anschläge, Bürgerkrieg und Meinungsfreiheit. Ich hatte zu diesem Zeitpunkt noch keine wirkliche Vorstellung von dem, was diese Menschen in den letzten Jahren erlebt haben. Gegen Mitternacht ging mein Freund Alex nach Hause. Im Türrahmen flüsterte er mir noch zu: »Fühlst du dich okay mit denen?« Ich antwortete ein selbstbewusstes »Ja klar«, auch wenn ich mir gar nicht so sicher war.

Am nächsten Morgen stand ich auf, nach sechs Stunden Schlaf. Die Jungs waren noch in ihrem Zimmer. Ich putzte mir die Zähne, duschte, föhnte, cremte und schminkte mich, dann klopfte ich vorsichtig an die Zimmertür. Nach einer Weile kam Tarik verschlafen heraus. Hatten die beiden überhaupt einen Wecker? Ich wusste es nicht. »We have to leave soon«, sagte ich ihm. In aller Ruhe duschte Tarik, dann weckte er Halil, der auch noch duschen ging. Wir waren schon eine halbe Stunde in Verzug. Erst später werde ich ein Gefühl für die Zeitwahrnehmung meiner neuen Freunde bekommen.

Wir fuhren gemeinsam zum LAGeSo. In der Bahn dösten die Jungs, auch ich war unfassbar müde. Auf dem Platz angekommen stellte ich sie in die Schlange und ging selbst zu Haus R, wo sich die Ehrenamtlichen von *Moabit Hilft* versammelten. Von Anfang an hatte ich mich hier richtig aufgehoben gefühlt. Auf mein erstes Namensschild war ich absurd stolz gewesen. Ich gehörte zu irgendwas Gutem. Hier waren Menschen, die dasselbe wollten wie ich, das gefiel mir. Hier war es egal, wer du warst, hier zählte, was du tatst. Während die Jungs in der Schlange anstanden, verteilte ich Müsliriegel und Bananen und Wasser und Jacken und Windeln und Feuchttücher und warme Worte. Inzwischen wusste ich auch, diverse Dokumente vom Amt zu deuten, vor denen ich anfangs noch fast Angst verspürte. Aber nein, eigentlich war es gar nicht schwierig, diese zu erklären, selbst wenn der Inhalt kein erfreulicher war. Wieso es diese Papiere nicht auch auf Arabisch gab, hatte ich noch nicht rausgefunden und werde ich vielleicht auch nie rausfinden.

Manchmal, wenn ich mit zu wenig Abstand zu den Wartenden Dokumente anguckte und Empfehlungen aussprach, bildete sich eine ganze Schlange von Menschen dahinter, die auch nicht wussten, was sie tun sollten. Dann schrieb ich mir in meinen Notizblock, wann ich wen wo wie getroffen hatte, um die Probleme abzuarbeiten. »Ich muss mit meiner Familie aus dem Hostel raus, wenn ich heute keinen neuen Stempel bekomme«, »Ich bin im achten Monat schwanger und warte seit drei Wochen auf die Registrierung«, »Ich muss nach Boizenburg, kann aber mein Ticket nicht lesen«, »Meine Familie hängt in Ungarn am Grenzzaun fest und ich darf Berlin nicht verlassen«, »Ich wurde von der BVG erwischt«, »Ich weiß nicht weiter«. Die Probleme waren so vielfältig, dass ich sie oft nicht zu lösen vermochte. Nach drei Stunden waren Tarik, Halil und ich in der Schlange so weit, dass wir im Innern des Hauses A weiter anstehen durften. Dieser Anblick schockte mich. Hier warteten so viele Menschen, dass die Räume drohten zu zerbersten. Kinder und Frauen schliefen auf dem Boden am Rand. Familien sprachen mich an. »Our child is sick and hungry.« Also drängelte ich mich wieder nach draußen, besorgte eine Kiste mit Obst und Sandwiches, die ich verteilte. Es war absolut überfordernd. Insgesamt standen wir an diesem Tag sieben Stunden an, um ein Papier zu bekommen.

In den nächsten Tagen holten wir die beiden Freunde unserer neuen Mitbewohner nach. Sie waren nur für eine Nacht bei einer Familie untergekommen und nun wieder obdachlos. Einer von ihnen, auch Anfang 20, sprach kaum und zitterte. Auch unser Zuhause vermochte nicht, ihm ein wenig Sicherheit und Ruhe zu geben. Wie auch, wenn sie jeden Morgen zum LAGeSo fahren und in einer Traube aus tausend Menschen elf Stunden lang in der prallen Sonne auf eine Nummerntafel starren mussten, ungewiss, ob ihre Länder überhaupt als »unsicher« genug galten?

Es ist hart, diese Schicksale, das Heimweh, das Fremdeln in der neuen Heimat, die undurchsichtigen Strukturen des Staates, die Pegida-Aufmärsche zu erfassen und zu erklären. Tarik klappt den Laptop auf und steuert YouTube an. Wir wissen, was jetzt kommt. Eine wenig Michael-Jackson-Karaoke tut uns immer gut. Weil Musik der gemeinsame Nenner ist, auf den wir uns alle einigen können. »They don't really care about us«, ist einer unserer Klassiker. Dazu gibt es eine Runde Wein und viele Zigaretten. Die anderen Jungs machen sich über Tarik lustig, weil er an alle Worte, die mit T oder D enden, noch ein I hängt. »In meine Landi ist Krieg«, sagt er zum Beispiel, oder: »Ich brauchen Geldi.« Ich finde das wahnsinnig charmant. Halil hat mir mal erzählt, dass Tarik, als die vier Jungs noch im Park schliefen, abends immer die Nivea-Creme auspackte, um sich zu pflegen. Das passt zu ihm. Wir stoßen an. Tarik umarmt mich, gibt mir ein Küsschen auf die linke Wange und eins auf die rechte. »Ich werde dich nie vergessen, Juli Müller«, sagt er. Morgen werden wir einen Kater haben.

Jule Müller wurde 1982 in Ost-Berlin geboren. Sie ist Autorin, Fotografin und Gründerin des Online-Magazins »im gegenteil«. In ihrem Buch »Früher war ich unentschlossen, jetzt bin ich mir da nicht mehr so sicher« (Knaur, 2015) verarbeitet sie ihr turbulentes Erwachsenwerden. In ihrer Freizeit hängt sie gerne am LAGeSo ab, trägt Zebramantel und/oder sortiert Dinge nach Farben.

Robin Baller

Petrópolis

1

*»So! Erledigt!«, sagt der Mann zu sich selbst, dem, was
kommt, ist nicht mehr zu entgehen. Er blickt auf das
Schachbrett, die Dame hat er scharf nach vorne geschoben, der König, von einem letzten Bauern mehr schlecht als
recht gedeckt, ist in größter Gefahr.*
*Doch was heißt noch Gefahr, denkt der Mann, die Gefahr
ist vorüber, die Briefe sind geschrieben, die Erklärung ver-
schickt. Es dunkelt, in einer halben Stunde wird der Himmel von Sternen übersät. »Petrópolis«, flüstert er, »Petrópolis«. Es ist Sonntag, der 22. Februar 1942, wenige Stunden
vor seinem Tod.*

»Stefan Zweig«, sagt das Mädchen, und zeigt auf das Buch
in meiner Hand. Zur Bestätigung, oder mehr aus Reflex,
nicke ich. Wir sitzen seit drei Stunden im selben Zugabteil und haben eisern geschwiegen. Jetzt, München ist
lange schon passiert, frage ich halbherzig, ob sie ihn kenne. Sie nickt erst, dann hält sie inne, schüttelt den Kopf
und lächelt. »Zweig«, wiederholt sie, »nein, eigentlich
nicht.« Dann schaut sie mich auffordernd an, als stelle sie
eine Frage.

Ich weiß nicht recht, was ich antworten soll. Soll ich von Zweigs Popularität berichten? Von seinen Bestsellern, die er über Jahrzehnte jährlich veröffentlicht hat und die ich momentan unentwegt verschlinge. Soll ich sagen, dass er der Grund ist, weswegen ich hier in diesem Zug sitze? Will sie all das überhaupt wissen, oder ist ihr nur nach Zeitvertreib? Ihr Lächeln ermuntert mich, warum nicht, denke ich, und sehe zum ersten Mal in ihre grünen Augen.

Doch als ich mich räuspere und beginnen will, finde ich den Anfang nicht. Das Grundlegende, das Wer, mit dem ich mich jetzt schon seit Monaten beschäftige, scheint mir auf einmal – oder immer noch – abhanden zu sein. Wer ist dieser Mann? Dieser Mann, der an jenem 22. Februar sein letztes Schachspiel beendet und sich kurz darauf vergiftet hat.

»Es tut mir leid«, flüstere ich zur Antwort. Ich schaue aus dem Fenster, »es tut mir leid.« Salzburg wird durchgesagt, ich atme auf. Dann verlasse ich mit schnellen Schritten und einem letzten »Auf Wiedersehen« das Abteil.

2

Auf der Edmundsburg, die sich auf halber Höhe des Salzburger Mönchsbergs befindet, hat sich vor einigen Jahren das Stefan-Zweig-Centre gegründet, eine wichtige Anlaufstelle für Wissenschaftler – und Leute wie mich.

Professor Berger aus Wien spricht heute, ein, wie meine Recherchen ergeben haben, wichtiger Mann.

»Autobiographien sind mit Vorsicht zu genießen«, sagt der Professor, als man ihm endlich das Wort übergeben hat, »vor allem, wenn man etwas über den Verfasser desselben Textes, den Autor, erfahren möchte.« Professor Berger hat unzählige Bücher geschrieben zu beinahe allen Dichtern Österreichs. Und obwohl er überall mit fast schon devoter Hochachtung begrüßt wird, wirkt er offen und freundlich. Er spricht im typischen Wiener Tonfall. »Betrachten wir, meine Damen und Herren, ›Die Welt von Gestern‹, Stefan Zweigs Lebenserinnerungen, die immer wieder als wichtiges Zeitdokument herangezogen werden. Und sehr wohl: Sie geben einen hervorragenden Einblick in die letzten, von individueller Freiheit und geistiger Produktivität geprägten Jahrzehnte des alten Österreichs, schildern den aufkommenden Nationalismus vor dem Ersten und den sich anbahnenden unmenschlichen Schrecken des Zweiten Weltkriegs. Und obwohl man über die Herkunft seiner Eltern erfährt, detaillierte Psychogramme geistiger Zeitgenossen geliefert bekommt, Zweig selbst tritt hinter all dem zurück. So sind seine Lebenserinnerungen, in denen zwar das Ich des Schriftstellers im Mittelpunkt steht, dennoch sehr unpersönlich. Ein Mann, der nicht einmal erwähnt, zweimal verheiratet gewesen zu sein, ja nicht mal die Namen seiner beiden Frauen notiert«, Berger schmunzelt, dann winkt er rasch mit etwas übertriebener Geste ab, »der nimmt den Vorsatz, über die eigene Person nicht zu viel Aufhebens zu machen, bemerkenswert ernst.«

Der Mann schiebt das Schachbrett zur Seite. Aus dem Innenraum vernimmt er das bekannte Husten seiner asthmatischen Frau. Er muss an seine Schreibmaschine denken, die er gestern einem seiner wenigen hier in Brasilien lebenden Freunde geschenkt hat. Schreiben wird er also nicht mehr, und auch sonst, es gibt nichts mehr zu tun. Der Nachlass ist geklärt, das Veronal besorgt. »Lotte«, ruft der Mann, den Namen seiner Frau.

Als Berger endet und alles applaudiert, merke ich, dass ich in Gedanken gewesen bin, fluchtartig verlasse ich den Raum, die Edmundsburg, laufe über den kleinen Vorplatz hin zum Geländer und blicke auf die sich unter mir ausbreitende Stadt.

»Na, brauchen Sie auch etwas Luft?« Schon wieder diese Stimme, ich drehe mich um, es ist Professor Berger, dessen grau-gelocktes Haar von einem Windstoß in Wallung gerät. »Sind Sie Doktorand?« »Nein«, sage ich schnell und will erklären, wer ich bin, doch Berger fällt mir ins Wort. Er winkt ab. »Vergessen Sie die Novellen«, sagt er, »die sind blumig, bieder. Zweig ist vor allem ein Historiker, ein erzählender Historiker, seine ›Sternstunden der Menschheit‹ eine Reihe von Beispielen, wie Geschichte lebendig erzählt werden kann.« Berger hebt den Zeigefinger. »Und hier, in den Lebensbeschreibungen von Balzac und Dostojewski, von Kleist und Hölderlin, von Goethe und Napoleon, hier, hier liegt die Spur.« »Die Spur zu ihm?«, frage ich. Berger nickt und dreht sich um.

Es ist Dienstag, der 13. Mai 2014, und ich verlasse das Hochplateau der Edmundsburg und folge den Stiegen, die mich weg von all den Vorträgen hinunter in die Stadt führen. Links das Festspielhaus, rechts St. Peter, ich schaue mich um mit suchendem Blick.

3

Ehe ich mich auf den Kapuzinerberg traue, die stolze Anhöhe am nördlichen Ufer der Salzach, der Ort, an dem Stefan Zweig zusammen mit seiner ersten Frau Friderike und deren beiden Töchtern fünfzehn Jahre gewohnt hat, laufe ich ein wenig durch die Stadt. Bei *Höllrigl*, der ältesten Buchhandlung Österreichs, kaufe ich ein Taschenbuch. Es ist »Triumph und Tragik des Erasmus von Rotterdam«, eines der letzten, das mir noch fehlt. Zweig hat es 1934 geschrieben, in jenem Jahr, in dem er das Haus auf dem Salzburger Kapuzinerberg verlassen hat. Er war immer auf der Flucht, denke ich, während ich mich auf einer Bank am Fluss niederlasse, von wenigen Atempausen abgesehen, war er immer auf der Flucht. Wien, Salzburg, London, New York – Petrópolis.

Während ich die ersten Kapitel lese und mir dabei immer wieder Notizen an den Rand schreibe, denke ich an das

Mädchen im Zug, ihre grünen Augen. Wie alt wird sie gewesen sein? Zwanzig? Etwas älter? Ich weiß es nicht. Weiß nicht, woher sie gekommen, wohin sie gefahren ist. Unkonzentriert blättere ich weiter, Kapitel für Kapitel, und plötzlich bin ich beim Nachwort angelangt – verfasst von keinem Geringeren als Professor Berger selbst.

»Die Biographie des heute weitgehend vergessenen Humanisten Erasmus von Rotterdam stellt einen Menschen vor, der zu einer Zeit großer Umbrüche – das Mittelalter weicht der Renaissance – eine einflussreiche Position besetzt.« Während ich lese, höre ich die wienerische Gedehntheit Bergers Worte. »Die in ganz Europa vorangetriebene Reformation der katholischen Kirche bezieht sich nicht selten auf Erasmus' Schriften. Er, als Repräsentant des Humanismus, als theologisch-philosophisch Gelehrter, wird stets um Rat gefragt. Erasmus, der in der Vermittlung von Gegensätzen, dem Austarieren, Meisterschaft beweist, kommt erst ins Stocken, als man ihn zu verpflichten sucht, Partei zu beziehen.
Obwohl Kritiker der Kirche und Sympathisant der Reformation bleibt Erasmus vage. Als Pazifist und Evolutionär, wie Zweig ihn bezeichnet, kann er die gewaltige Entschlossenheit, den rigorosen Fanatismus der Reformatoren um Martin Luther nicht unterstützen. Und so wird aus dem gedanklichen Wegbereiter der Reformation ein zurückgezogener, von beiden Seiten angefeindeter Mann, der es verpasst, als Verkünder einer neuen Weltanschauung in die Geschichte einzugehen.«

Auch Erasmus flieht, denke ich, und lege das Buch neben mich auf die Bank. Dann sehe ich hinüber auf die andere Seite des Ufers, auf der in der langsam einsetzenden Dämmerung der Kapuzinerberg bedrohlich auf mich zu warten scheint.

4

Die schon im Titel angekündigte Tragik des natürlich nicht zufällig von Zweig erwählten Protagonisten scheint mir plötzlich ein Schlüssel zu sein. Die nebenbei beschriebenen Erasmus'schen Eigenschaften, seine Reiselust, seine ganz auf das Medium des Buches ausgerichtete Lebensform, die Leichtigkeit des Schreibens, sie kommen mir bekannt vor, bekannt vom Autor selbst. Und so blättere ich noch einmal zurück, jetzt schon allmählich auf den Schein der Straßenlaternen angewiesen, und ja, da ist noch mehr, Berger hat Recht.

»Immer noch Zweig?« Ich schaue auf. Das Mädchen vom Zug. Sie lächelt. Die Straßenbeleuchtung wird von ihren Augen reflektiert. »Es tut mir leid«, sage ich. »Das weiß ich schon«, antwortet sie. Sie lächelt noch immer. Und mir ist peinlich, sie wiederzusehen, ich hatte ja nicht wissen können, dass auch sie in Salzburg den Zug verlässt, und dass auch sie – immer noch allein – abends am Ufer der Salzach spaziert.
»Und?«, fragt sie leise, »willst du mir sagen, was du eigentlich machst?« Ich schwanke. Noch einmal fliehen kann

ich nicht. »Ich hatte das Bedürfnis etwas über Zweig zu schreiben«, sage ich. »Bist du also ebenfalls ein Autor?« Ich zögere, dann schüttele ich den Kopf. »Wahrscheinlich nicht«, sage ich. Das Mädchen setzt sich neben mich. »Da ist dieser Mensch«, sage ich, »der von einem Ort zum anderen zieht, auf der Suche nach einem Platz, an dem man sein kann, denken und schreiben, dieser Mensch, der flieht, von Rückzugsort zu Rückzugsort, bis ihm das zu wenig ist.« Den letzten Halbsatz sage ich schnell und senke dabei den Blick, ich möchte nicht pathetisch sein, möchte dem Mädchen auch nicht verraten, dass ich hier bin, um einen ganzen Roman zu schreiben, es klänge allzu vermessen für einen wie mich.

5

Wir überqueren den Fluss. Von der Staatsbrücke aus biegen wir in die Linzergasse ein. »Hier«, sage ich, und zeige auf die Toreinfahrt, hinter der die Stiegen, die auf den Kapuzinerberg hinaufführen, schon zu sehen sind. Das Mädchen nickt mir aufmunternd zu, ich frage mich, ob ich ohne sie noch immer am Ufer säße, mir ewig Notizen machte, um auch ja niemals, niemals mit meinem Roman zu beginnen.

Die Stadt, in der Zweig als Schriftsteller seine erfolgreichste Zeit erlebt hat, ist ihm nie so recht ans Herz gewachsen. Seine kleine, alljährliche Flucht, sobald der Rummel der Salzburger Festspiele beginnt, ist nur ein kleiner Hinweis auf das latente Unwohlsein in ihm. Im Februar 1934, der »Erasmus« ist noch nicht geschrieben, hat Zweig von Salzburg innerlich schon Abschied genommen. Als eines frühen Morgens vier Polizisten vor der Tür stehen, um nach angeblichen Waffen sein Haus zu durchsuchen, ist die Entscheidung gefallen. In einem Land, in der die Freiheit des Individuums in solch erschreckender Weise mit Füßen getreten wird, kann Zweig nicht mehr sein.

»Hier ist es«, sage ich. Wir stehen vorm Gartentor, Kapuzinerberg 5. Privatbesitz. Durchgang verboten. »Ich kann nichts sehen«, sagt das Mädchen, und sie hat Recht, überall verdecken Bäume die Sicht auf das Haus. Nur ab und zu ist zwischen den Blättern der gelbe Anstrich der Villa zu sehen. Nach einer Weile, in der wir überlegen, über den Zaun zu steigen, die Idee aber gleich wieder verwerfen, gehen wir weiter.

»Und fängst du jetzt an?« Wir stehen auf dem Berg und schauen hinab. Kein Stern am Himmel, und doch: Salzburg glitzert. »Womit?«, frage ich, und merke, dass ich froh bin, nicht allein zu sein. »Mit deinem Roman.« Sie lächelt und ihre grünen Augen leuchten unheimlich wissend. »Ich habe dir nie davon erzählt.« Das Mädchen winkt ab – es ist exakt die Geste des Professors. »Vielleicht erzählst du erst einmal von dir«, fährt das Mädchen fort, »von deiner Reise, deiner Flucht, einige Fakten, ein bisschen Fiktion, hier und da eine erfundene Person …« Ich weiß nicht, wir blicken auf die Stadt, die doch nur eine Reihe von Häusern an einem kleinen Fluss in einem kleinen Land in einem kleinen Kontinent ist – und doch glauben wir, es sei bedeutungsvoll.

Der Mann fühlt sich schwach. Noch eine Flucht? Wohin? Diese Gedanken, die ihn noch immer verfolgen, die noch immer nichts anderes als Hoffnung auf Leben sind, erschüttern ihn zutiefst, tiefer als es die Ängste, eingesperrt, gefasst zu werden, tun. Er schüttelt sie ab. Petrópolis, der letzte Halt. Keine Freunde, keine Bücher. Sein Sprach- und Kulturraum sind unerreichbar verstellt. Es bleibt nur Flucht.

__Robin Baller__, geboren 1987 in Offenbach am Main, ist Autor und Musiker. Für einen Auszug aus seinem Roman »Bodmin Paris« hat er 2013 den Martha-Saalfeld-Förderpreis erhalten. In und neben seinen literarischen Arbeiten beschäftigt er sich mit philosophischen und literaturwissenschaftlichen Themen. Robin Baller ist Begründer und Organisator der seit über zwei Jahren regelmäßig stattfindenden Lesungsreihe »Textbühne Mainz«.

Linda Rachel Sabiers

Frau im Spiegel

Das Weckerklingeln, das sich wie ein ungebetener Bote in meinen Schlaf schleicht, reißt mich unsanft aus einer traumlosen Nacht. Langsam öffne ich ein Auge, blinzle der durch die Vorhänge fallenden Wintersonne entgegen und spüre jetzt schon, dass heute kein Tag wie jeder andere ist. Haltlos schaue ich mich in meinem Schlafzimmer um, sehe eine mit Intarsien verzierte Kommode, spüre die weichen Daunen der Decke auf meinen nackten Beinen und rieche den Duft eines Schlafzimmers, das während der letzten sieben Stunden von Atem und warmer Haut durchzogen war. Es ist sieben Uhr zwei, gleich drei, und ich weiß bloß, dass ich aufstehen muss. Jedoch nicht, wieso. Mit klopfendem Herz quäle ich mich müde aus meinem Bett, bewege mich mit zittrigen Knien in die Küche, greife gezielt nach einem Kristallglas aus dem Küchenschrank, der, zart und aus dunklem Kirschholz geschnitzt, an der Wand steht. Schluck für Schluck benetzt lauwarmes Wasser meine trockene Kehle und wärmt meinen leeren Magen Zentimeter für Zentimeter. Auch dieses Ritual geschieht unbewusst und ahnungslos.

Es ist sieben Uhr vierzehn und ich fühle mich gehetzt, unruhig und nicht bei mir. Duschen, Zähneputzen, Eincremen, besonders die empfindliche Partie um meine

Augen. Wie ein Statist meines eigenen Theaterstücks, das ich nicht geschrieben habe, die Hauptrolle jedoch spielen muss. Im Spiegel erkenne ich eine junge Frau, vielleicht Ende zwanzig. Dunkelbraunes, gewelltes Haar, das sich, weich und glänzend, über ihre nackten Brüste legt. Ein paar hellbraune Sommersprossen auf den hohen Wangenknochen, rosiger Teint, etwas zu blass, frische Luft sollte helfen, eine schmale Nase mit kleinem, aber markantem Höcker auf der Mitte des Nasenrückens. Während ich auf mein Dekolleté schaue, sehe ich mein Herz schlagen. Schnell, mit kurzen Aussetzern. Als sei etwas nicht in Ordnung. Doch dafür ist jetzt keine Zeit, sagt mir etwas. Ohne mein Gesicht abzutrocknen, suche ich wintergerechte Kleidung zusammen, stolpere dabei mehrmals, und spüre, dass ich raus muss. Ich weiß nicht wieso. Um sieben Uhr zweiundvierzig verlasse ich, einen Schal schützend um meinen Hals gelegt, die Wohnung und mache erste unsichere Schritte in diese mir heute so fremde Welt. Wie von einer unsichtbaren Hand gezogen und von Kräften geschoben laufe ich durch ein Wohnviertel, das ich eigentlich bis in die letzte Ecke kennen müsste. Nicht aber heute. Kahle Bäume säumen die sauberen Bordsteine, vor den Eingängen prächtiger Altbauten sind tief in den Boden in der Sonne glitzernde Stolpersteine eingegraben, wie mahnende, tote Klingelschilder, deren Namen zu keiner Wohnung mehr führen. Als ich an einem polierten Schaufenster vorbeilaufe, sehe ich sie wieder, diese junge Frau mit den dunkelbraunen Haaren. Ich bleibe stehen, trete näher und fahre mit meinem Zeigefinger

die Konturen ihrer Silhouette nach, die meine eigene ist.
»Wer bist du? Wer bin ich?«, flüstere ich in den noch menschenleeren Morgen. Verdammte Scheiße, was ist los hier?

»Na sagen Se mal, junge Frau. Nehmen Sie sofort Ihre schmierigen Hände von meinem Fenster! Glauben Sie, ich habe das umsonst in aller Herrgottsfrühe geputzt?« Erschrocken ziehe ich meinen Zeigefinger zurück und vergrabe meine Hände peinlich berührt in den Taschen meines Wintermantels. »Ich … ich …«. Mir bleibt nur ein Stammeln.

»Ich, ich, ich! Nun sagen Sie mal, was das soll?«, möchte die Frau schroff von mir wissen. Ich schätze sie auf Ende 60. Die Antwort, die sie will, habe ich nicht mal für mich selbst. Ich habe keine Ahnung, was hier passiert. Etwas, das mich ausmacht, hat meinen Körper verlassen.
»Entschuldigen Sie, es war nicht meine Absicht, Ihre Scheibe zu beschmieren. Ich sah einfach …«, bevor ich mich irgendwie erklären kann, unterbricht sie mich wieder.
»Lassen Sie es einfach und gehen am besten dahin, wo sie hinwollten.« Gute Idee, denke ich mir. Wenn ich das wüsste. Anstatt mich ein letztes Mal zu erklären, nicke ich höflich und gehe stumm meines ziellosen Weges.

Die Straßen füllen sich schnell. Ich weiß nicht damit umzugehen. Jeder scheint ein Ziel zu haben. Manche lächeln. Es sind wenige. Viele Gesichter strahlen schon morgens eine gewisse Resignation aus. Doch heute, an diesem unvertrauten Dienstag, kann ich nicht mehr urteilen. Ich sehe nur, nehme wahr. Und beneide sie. Die unsichtbare Kraft reißt weiter an meinen Handgelenken, meinen Knöcheln und Schultern. Im Laufschritt sehe ich dick beklebte, bunte Litfaßsäulen und überall Zeitungen. Zeitungsseiten in der Luft, Zeitungen auf dem Boden, an Häuserfassaden, in den Händen eiliger Passanten, die sich rücksichtslos, nicht selten durch Schulterstöße und genervtes Stöhnen, ihren Weg durch den Fußgängerverkehr bahnen. Schlagzeilen, überall Schlagzeilen. »Sie kommen«, »Sie fliehen«, «Sie frieren«. Wer sind »sie«? Wer sind diese Menschen, deren Gesichter mich von den Titelseiten ausdruckslos anstarren und an jenes erinnern, dass ich heute in der Reflexion aus Spiegeln und Scheiben selber sehe.

Mein Kopf schmerzt. Auf dem Bahnsteig laufe ich nervös hin und her. Das gleißende Morgenlicht überzieht alles um mich herum mit einem gelben Filter, der sich gemächlich gegen das Eisblau des nahenden Winters durchsetzt. Die auf der Anzeigetafel für in zwei Minuten angekündigte S-Bahn trifft mit lautem Zischen und Rattern etwas zu früh ein. Wie aufgeschreckt setzt sich die mit mir wartende Masse in Bewegung und nimmt mich einfach mit.

Wie unglückliche Lemminge stehen und sitzen sie um mich herum und schauen auf den Boden, während sich die stählerne Karawane durch die langsam erwachende Stadt schlängelt. Kein Lächeln, kein Glanz in den Augen, kein Blickaustausch. Müdigkeit hat einen Geruch, sie riecht nach Linoleum, nach Bahnsteig und nach Winternebel. Selbst die wärmende Morgensonne scheint machtlos gegen den Unmut zu sein: Die Strahlen ersticken im dicken Fell der Individuen, kitzeln nur an meiner Nase. Der Nase der einzigen Ahnungslosen. Wir ruckeln im Takt. Manch einer hat die Augen geschlossen – woran man wohl denkt, wenn man die Augen schließen muss, um nicht dort zu sein, wo man ist?

Mit einem Mal wird es unglaublich laut in unserem Waggon. Die eben noch gesenkten Köpfe schauen nun alle in meine Richtung und reden auf mich ein. Ein urbanes Babel, dessen Sprachen ich nicht identifizieren kann. Panisch sinke ich noch tiefer in meinen Sitz, da ich plötzlich meine Beine nicht spüre. Darüber hinaus ist es soweit unmöglich, den fahrenden Zug zu verlassen. Mir ist danach, meine Ohren zuzuhalten und gleichzeitig alles zu hören, was um mich herum gesagt wird. Das Szenario zieht mich wie Treibsand immer tiefer.

Was willst du hier?
Geh wieder weg!
Sag uns wer du bist!
Wo kommst du her?
Deinen Namen, sag ihn!

Sie schreien mich an, weil ich nicht antworten kann. Ich verhalte mich unauffällig. Versuche, anhand der an mir vorbeirauschenden Bürotürme zu erkennen, wo die Bahn hinfährt. Dabei sehe ich zum wiederholten Male meine fremden Umrisse im Fenster der S-Bahn. Es ist eng, zu eng. Schulter an Schulter, es riecht nach allem und nach nichts. Wie fremdgesteuert und mit schwitzigen, zitternden Hände öffne ich meine Handtasche. Dann ist es, als verliere ich den Glauben, in mich, die ich nicht kenne, und diesen Tag, der mich auch nicht zu kennen scheint: Ich ziehe Fotos hervor, alte, verblichene Fotos. Sie kommen mir entgegen, unzählig, verteilen sich um mich herum und auf meinem Körper. Wie ein Springbrunnen aus Bildern, die ein unlösbares Puzzle aus Jahrzehnte währenden Erinnerungen bilden. Ich sehe einen kleinen Jungen mit Schiebermütze aus braunem Tweed, drehe das Bild rum und lese »Opa, ca. 1939«.

Mein Großvater? Dann weitere Gruppenbilder mir unbekannter Personen, die mit »Großtante«, »Mama«, »Onkel Isaac« und »unbekannt« beschriftet sind. Wieder diese Panik, die aus dem Gefühl resultiert, keine Identität zu haben.

Aus Panik wird Hysterie. Mir ist heiß und kalt zugleich, während ich versuche, mich aus dem Berg aus Fotos und diesem Waggon zu befreien. Mit der mir verbleibenden Kraft zwänge ich mich durch die Masse der weiterhin auf mich einredenden Menschenmenge. Ich lasse die Tasche, die Fotos und die Stimmen hinter mir, als ich die Türen mit Gewalt öffne und mich aus der langsamer werdenden S-Bahn stürze. Unsanft, aber unversehrt lande ich auf dem schmutzigen Betonboden einer Haltestelle, an der ich nie zuvor gewesen bin. Für einige Sekunden, es können auch Minuten sein, verharre ich in Schockstarre, bevor ich den Ausgang suche.

So klopfe ich den Dreck von meiner Hose, ziehe den Mantel zu und fange an zu laufen. Doch keiner meiner Schritte bringt mich voran. Der Bahnsteig wird zu einer endlosen, waagerechten Rolltreppe, die, einmal in Gang gesetzt, nicht aufhört zu rotieren. Nun fange ich an zu rennen, ringe nach Luft, suche ich nach etwas, von dem ich gar nicht wusste, es zu suchen, in meiner Manteltasche. Dann habe ich einen Taschenspiegel in meiner Hand, renne weiter und schaue hinein. Mit Tränen vermischte Wimperntusche rinnt wie schwarze Baumwurzeln an diesen Wangen herunter, von denen ich nicht weiß, ob sie jemals gestreichelt oder geküsst wurden.

Trauer und Resignation breiten sich in meinem Körper aus. Ich spüre, dass sich der Kampf gegen mein verschwundenes Selbst nicht mehr lohnt. Ich werde müder. Immer müder, lebensmüder. Aus der Ferne höre ich den nächsten Zug anfahren und sehe keinen anderen Ausweg mehr, als mich ganz an den Rand des Bahnsteigs zu stellen. Ich bin ganz nah. So nah, dass meine Fußspitzen ins Leere ragen. Lediglich meine Fersen tragen das gesamte Gewicht meines Körpers. Ich schließe meinen Augen, zähle langsam vor mich hin.

Fünf … vier … drei …

»Hören Sie mich? Hallo? Hören Sie mich?« Ich öffne meine Augen und blicke in das freundliche Gesicht einer Frau, die sich als meine Psychologin vorstellt. »Ich habe Sie gerade aus Ihrer Hypnose geholt. Bevor Sie irgendetwas sagen, atmen Sie bitte tief durch die Nase ein und aus!«

Ich mache das, was sie mir sagt und muss lächeln.

»Genau so. Ich reiche Ihnen jetzt einen Spiegel. Schauen Sie bitte hinein und sagen mir, was Sie sehen, ja?« Ich nehme den oval geschwungenen Spiegel in meine rechte Hand, schaue hinein, sehe meine hohen Wangenknochen, die Sommersprossen und den markanten Höcker auf meinem Nasenrücken.

»Ich. Das bin ich.«

Linda Rachel Sabiers, geboren 1984, studierte Kommunikation und Marketing in Köln und lebt, nach Stationen in den USA und Tel Aviv, seit 2009 als Texterin, Kolumnistin und Autorin in Berlin. Neben Lesungen ihrer Kurzgeschichtensammlung »Superbia – Berlin kommt vor dem Fall« aus dem Jahr 2014, der freien Mitarbeit für die »Jüdische Allgemeine Wochenzeitung« und ihrer Arbeit in einem Berliner Start-up, schreibt sie aktuell an ihrem ersten Roman.

Marcus Braun

HIAWATHA

Das Wasser des Hudson war braun. Die Ausläufer eines namenlosen Hurrikans hatten den Landstrich gestreift. Es regnete seit Tagen.

Hiawatha durchquerte, einem alten Brauch gemäß, die Wälder auf dem Weg zur Küste. Seine Kleider waren durchnässt und er war hungrig; er durfte weder Feuer machen noch Nahrung zu sich nehmen. Er kaute auf Eicheln, spuckte sie nach einer Weile wieder aus.

Ab und an schaute ein Murmeltier aus einem Erdloch – die Mischung aus Heimlichtuerei und Neugier empfand Hiawatha wie Hohn. Hiawatha hasste das Meer wie ein Ägypter und der Gedanke an das Meer ließ ihn nicht los. Vor einem rituellen Untertauchen im salzigen Wasser konnte ihn nur eine Geschichte bewahren, die es wert wäre, in der Runde der Weiber erzählt zu werden; Murmeltiere, der endlose Regen, Hunger und seine stumpfe Axt, das gab noch keine Geschichte.

Nicht einmal ein Weißer war ihm bisher über den Weg gelaufen. Weiße mordeten ohne Warnung, sie waren verschlagen und stanken, ihr Atem allein schon konnte töten; Hiawatha hielt das für Altweibergeschwätz.

In einem Bach wusch er sich das Gesicht.

Hiawatha war verzweifelt, wütend, er versuchte einen

Schrei auszustoßen, umfasste mit beiden Händen seinen
Hals. Ein Eichelhäher saß auf einem Baum in der Nähe
und rührte sich nicht.

Hiawatha trank. Das Wasser schmeckte dumpf. Nach
Tier.

Hiawatha saß im Moos. Er streichelte sein Geschlecht.
Wenn er eine Hand voll feuchten braunen Eichenlaubs
nahm, konnte er sich vorstellen, dass es Cheqoi war, die
Frau seines älteren Bruders.

Hinter Hiawatha brach ein weißer Hirsch durchs Gebüsch. Jetzt gab auch der Eichelhäher seinen Ruf. Hiawatha blickte unverwandt aufs Wasser.

Ivan stand am Strand und betrachtete einen sehr großen
Fisch, der ab und zu weit draußen seinen mächtigen Leib
aus dem Wasser hob.

Ivan konnte sich diesen Fisch, der Menschen zu ver-
schlucken und wieder auszuspeien vermochte, nur
männlich vorstellen. Dabei wusste er, dass Gott auch vom
Getier Mann und Weib erschaffen hatte. Dieser Fisch
konnte schwimmen, wohin er wollte, da war Ivan sich sicher. Zurück nach Irland zum Beispiel. Ivan hasste diese
neue Welt, aus der die Kartoffeln kamen und der Tabak.
Auf dem Schiff hatten viele die Fahrt in Angst vor dem
Wasser verbracht. Ivan hingegen träumte von der Rein-
heit des Meeres, wollte weg von den kotigen Ausdünstun-
gen. Tief unten, wusste Ivan, war es ruhig. Und da spann-
te man keine Ochsen an im Schweiße des Angesichts. Da
wurde nicht gesät und nicht geerntet.

Möwen kreisten über dem Fisch. So verlor man ihn auch wenn er abtauchte nicht aus den Augen. Ivan spürte die Sonne auf seinem Wams. Er spürte die Anwesenheit eines Menschen, einen Blick.

Nur ein Dutzend Fuß neben ihm stand wie aus dem Nichts aufgetaucht ein Indianer, noch jung, vielleicht in seinem Alter. Verfroren sah er aus. Mund und Augen waren wie von einem Mädchen. Haarsträhnen fielen ihm über die Ohren auf die Schultern. Ivan lächelte. Er hatte erst wenige Indianer gesehen, Diebe, die sich in der Nähe der Siedlung herumtrieben und als vogelfrei galten.

Als Hiawatha das Meer erreichte, so würde er später erzählen, sah er sich einem riesigen Ungeheuer gegenüber. Es hatte fingerlang abstehende rote Haare, wohin man sah. Es stank zwölfmal fürchterlicher als die geplatzten Innereien einer Raubkatze.

Die Dünung rollte gleichmäßig und ruhig heran. Der Wind war schwach und kam vom Meer. Im Gürtel hatte Ivan ein Messer und in der Tasche einen kleinen Seestern. Der war für seine Schwester.

Er schirmte die Augen mit der flachen Hand ab, obwohl die schwache Sonne in seinem Rücken stand.

»Dem sagt niemand, was er zu tun oder zu lassen hat.«

Hiawatha war klar, dass neben ihm ein Mensch stand, der mutmaßlich etwas über den Fisch mitteilen wollte, welcher draußen auf dem Meer um sein Überleben kämpfte wie alle Kreaturen.

»Für den sehen wir gleich aus. Der weiß nicht, dass du ein rotes Heidenkind bist und ich ein Christenmensch. Der sieht uns hier stehen und wundert sich, was wir so aufs Wasser glotzen, und vielleicht fühlt er ein wenig, wie gern ich grade mit ihm tauschen würde. Aber du verstehst ja kein Wort.«

Ivan hatte Hiawatha bei diesen Sätzen in die Augen geschaut. Jetzt blickte er erneut auf den Ozean, aber da war nichts mehr zu sehen. Das Meer schien plötzlich spiegelglatt ölig, und Ivan roch faulen Fisch. Oder stank der Seestern in seiner Tasche, stanken seine Finger?

Ihm war schwindelig. Ihm war nicht klar, wie lange er schon neben dem jungen Indianer stand. Wäre er alleine gewesen, er hätte sich in den Sand fallen lassen. Der Indianer sah ihn an. Warum sagte er nichts? Sehr langsam streckte Ivan seine Rechte nach Hiawatha aus.

Der Indianer schickte einen dumpf pochenden Wahnwitz in Ivans ausgestreckte Hand. Der zweite Schlag traf Ivan aufs Brustbein und streckte ihn zu Boden. Ivan griff mit der Linken nach seinem Messer, aber der nächste Hieb zerschmetterte sein Handgelenk.

Er hörte eine tosende Brandung und ihm war klar, dass er sterben würde. Er schrie. So markerschütternd, dass es Hiawatha die Eingeweide zusammenzog. Hiawatha setzte einen Fuß auf Ivans Brust und schlug auf seinen Kehlkopf ein. Die stumpfe Axt federte vom Halsknorpel zurück. Er musste viel fester zuschlagen.

Endlich war es still.

Hiawatha nahm Ivans Messer, durchtrennte Ivans Kehle und schnitt ihm die Ohren ab. Danach musste er kotzen. Er schämte sich und verscharrte das Wenige, dass sein Magen hergegeben hatte, im Sand.

Die Leiche rollte er ins Meer. Die Brandung spielte mit dem Körper; Gischt spritzte auf und kurz schillerte ein winziger Regenbogen über dem toten Körper oder die Sonnenstrahlen erleuchteten einen zarten Sprühregen aus Salz und Blut. Eine einzelne kleine Wolke verschwand von einem Augenblick auf den anderen vom Himmel.

Marcus Braun, geboren 1971 in Bullay/Mosel, lebt in Berlin. Er schreibt Romane und Theaterstücke. Sein erster Roman »Delhi« erschien 1999 im Berlin Verlag, sein bislang letzter, »Armor«, 2007 bei Suhrkamp.

Judith Poznan

Die Schatten der Vergangenheit

Ich war sieben Jahre alt, als meine Klassenlehrerin bei der Kontrolle der Anwesenheit meinen Namen aufrief, mich anschaute und fragte, ob ich wisse, dass es eine Stadt in Polen gäbe, die ebenfalls Poznań heißt. Dass mir diese Frage noch oft im Leben begegnen würde, wusste ich damals nicht. Denn wenn es etwas gibt, das ich oft beim Kennenlernen gefragt werde, genauso wie auch am Flughafen, beim Hotel-Check-in oder der BVG-Kontrolle, beinahe jeder möchte wissen, ob ich mir dieses verrückten Zufalls bewusst bin. Manchmal bekomme ich sogar noch Reisetipps oben drauf, wenn ich gestehe, dass ich noch nie da gewesen bin. Über die Jahre habe ich meine Antworten variiert. Bin ich besonders guter Laune, tue ich ganz überrascht und bedanke mich bei dem Fragenden für seinen Hinweis, dem ich auch ganz bestimmt mal nachgehen werde, überhaupt drücke ich dann immer brav noch mein Erstaunen über dessen vorzüglichen Geografie-Kenntnisse aus, die bei mir scheinbar nicht so ausgeprägt sind. Ein, zwei Mal habe ich auch behauptet, eine Nachfahrin der Herzogin Ryksa Elżbieta von Polen zu sein. Eigentlich sogar Königin, aber das schien mir dann doch zu anmaßend. »Man sagt, dass ich ihr unglaublich ähnlich sehe«, ging mir dann sehr selbstbewusst über die

Lippen, weil es ja erstens so sein kann und es zweitens eigentlich auch egal ist.

Das Bedürfnis, mich mit meinem Namen und meinen Wurzeln auseinanderzusetzen, kam erst spät auf. Immer mal wieder richtete sich mein Blick auf das Nachbarland, erst aber die Literatur weckte mein wahres Interesse für die Vergangenheit. Vor einiger Zeit stieß ich auf ein Buch namens »Sandberg«, geschrieben von der polnischen Schriftstellerin Joanna Bator. Ein Gesellschaftsroman, der in einer polnischen Kleinstadt spielt. »Unter dem Boden von Wałbrzych ist Kohle«, heißt es im ersten Satz, »und obendrauf Sand, und Menschen, die es aus der weiten Welt hierher, an die Stelle der Vertriebenen verschlagen hat.«

Wie ein Schleier legt sich die kalte Oktoberluft um die Stadt Wrocław, die 352 km südwestlich der Hauptstadt Polens liegt. An diesem Morgen dreht der Wind die Blätter wie ein Uhrwerk seine Zeit. Die Altstadt mit ihren Kopfsteinpflastern, ihren bunten Fassaden und barocken Plätzen ist anmutig schön, beinahe fühlt man sich wie in eine andere Epoche versetzt. Wirklich nach Sightseeing ist mir allerdings nicht zumute. Ich genieße stattdessen einfach die Kulisse, trotte ziellos durch die Straßen, überquere den Rathausplatz und bleibe schließlich vor der erstbesten Starbucks-Filiale stehen. Zu Hause werde ich dann behaupten, dass ich ganz angetan von all den kleinen Cafés war, dass die polnische Küche eine Vielzahl von Köstlichkeiten zu bieten habe, ich eigentlich gar nicht genug von den kleinen Küchlein bekommen konnte.

Abends im Hotel angekommen, bin ich völlig erschöpft vom Nichtstun. Die Einrichtung ist bescheiden. 153,67 Złoty kostet die Nacht. Das Bett ist 75 cm hoch mit der Breite einer Matratze, wie ich sie nur aus dem Zimmer meiner 3-jährigen Nichte kenne. Die Tapete ist dunkelbraun und mit einem Mandala-Muster verziert. Ich bin so müde vom Tag, dass meine Augen beim Durchsuchen des Zimmers zufallen und sie sich erst wieder öffnen, als mein Handywecker am nächsten Morgen um 7:49 Uhr läutet. Eine Minute zum Aufstehen, 14 Minuten um zu duschen, mich anzuziehen, das Hotel zu verlassen. 30 Sekunden, um die Straße zu überqueren, zwei Minuten, um auf die Bahn zu warten, 3 Stationen um zum Hauptbahnhof zu gelangen. Um 8:31 Uhr kaufe ich mir für 34,20 Złoty zwei Zugtickets. 35 Minuten später sitze ich mit einem Becher Kaffee im Zugabteil. Zwischen Wrocław und Wałbrzych liegen 64 km, was mit dem Zug 1 Stunde und 28 Minuten dauert.

Pünktlich auf die Minute erreicht der Zug die Station Wałbrzych Główny, einen Ort, an dem ich erst mal nichts erkenne, was einer urbanen Zivilisation gleichkäme. Der Bahnhof ist gespenstisch leer und baufällig, um mich herum nur Gleise und ein paar geparkte Autos. Ich fange an mit mir zu verhandeln, ob ich gleich auf den nächsten Zug zurück warten soll oder das Risiko auf mich nehme, allein meinen Weg in die Altstadt zu finden. Da weit und breit kein Fahrplan zu sehen ist, entscheide ich mich notgedrungen für Letzteres und laufe los.

Es regnet. Nach knapp 11 Minuten erblicke ich die ersten Häuser. Beeindruckt von den alten Fassaden, glaube ich auch hier wieder in einer anderen Zeit angekommen zu sein. Ich nehme den Omnibus 6 zum Marktplatz. Ich staune, dass sich wie in Wrocław die Häuser ebenfalls schön aneinanderreihen, generell jedes Fenster zu seiner Türe passt. In der Mitte des Platzes befindet sich ein Springbrunnen, der trotz des Regens unermüdlich von Tauben belagert wird. Ich laufe in den nächstgelegenen Laden und frage unbeholfen nach der »Tourystika informatyoni«. Ob das Polnisch ist weiß ich nicht, aber ich hoffe, dass man versteht, was ich meine. War es in Wrocław schon schwer gewesen, Menschen zu finden, die Englisch sprechen, scheint es hier ganz und gar ein aussichtsloses Unterfangen. Stattdessen lassen sich aber eine Menge Einwohner mit einer anderen Sprache neben der polnischen finden, nämlich Deutsch. Und so treffe ich auf drei schwatzende Damen, von denen eine auf meine Frage mit »Mein Kind, du kannst Deutsch mit mir sprechen«, antwortet.

Gerda formt ihren Mund zu einem Lächeln. Ihre kurzen Haare sind Kastanienrot getönt, doch verraten die Falten in ihrem Gesicht ihr wahres Alter. Es sind weiche Gesichtszüge mit freundlichen Augen und einer schmalen Nase, die darauf schließen lassen, dass Gerda einmal eine schöne Frau gewesen sein muss. Wir laufen ein Stück die Ul. Gdańska herunter, vorbei an den kleinen Läden mit dem Marktplatz im Rücken. Wir spazieren einen großen Bogen, wie lange kann ich nicht sagen. Nach ein paar Minuten stellen wir uns erst mal einander richtig vor. »Judith«, sage ich »Judith Poznan«. Es kommt, wie es kommen muss, und Gerda blickt mich prüfend an. »Wusstest du, dass es eine Stadt in Polen gibt, die Poznań heißt?« – »Jap, das weiß ich«, gestehe ich und füge, anders als sonst, noch hinzu: »Mein Name wird allerdings ohne den Akzent über dem N geschrieben. Warum, weiß ich nicht. Das muss wohl irgendjemand mal vergessen haben.« Gerda überlegt kurz und entscheidet sich dann doch, noch etwas zu ergänzen. Sie sagt: »Früher hieß Poznań Posen. Verrückt diese Menschen.« Dem kann ich absolut nichts mehr hinzufügen.

Die Zeit mit Gerda vergeht schnell, denn sie ist sehr redselig. Ich mag ihr Deutsch mit dem polnischen Akzent, die Art, wie sie sich flink bewegt und ihren stolzen Blick, der sich stets nach oben gerichtet hält. Sie erzählt mir, dass sie eine Schwester in Paderborn hat, sie selbst aber nie auf die Idee kam, nach Deutschland zu gehen. Ihr Vater hatte damals kurz nach dem Krieg ein Haus gekauft und eine Bäckerei eröffnet. Ich vermute, dass Gerda zu einer der Familien gehörte, die nach sowjetischem Recht aus wirtschaftlich wichtigen Gründen bleiben durften. Eine Ausnahmereglung, die in Kraft trat und aus Deutschen innerhalb kürzester Zeit Polen machte. Gerda wurde 1944 geboren, jenem Jahr, in dem die systematische Vertreibung der Deutschen aus den ehemals besetzten Gebieten begann.

Millionen Deutsche wurden des Landes verwiesen, während andere Millionen Polen aus dem ehemaligen Ostpolen an der ukrainischen und weißrussischen Grenze von der Sowjetunion in das neu angeschlossene Polen umsiedelten. Oft kann ich mir solche Zahlen überhaupt nicht klarmachen, weshalb ich immer an kleine Schachfiguren auf einem Spielbrett denke, die einfach Zug um Zug von einer Hand immer weitergeschoben werden, so lange bis einer gewinnt. Manchmal glaube ich, die ganze Welt spiele Schach. Die ehemalige Bergbaustadt Waldenburg in Niederschlesien gehörte bis zum Kriegsende zu Deutschland und wurde ab dann nur noch unter dem Namen Wałbrzych verzeichnet. Hier setzt auch der Roman von Joanna Bator ein, der eigentliche Grund für meine Reise. Manchmal nämlich muss man seinen Schreibtisch verlassen, um die Wirklichkeit besser betrachten zu können, sich an Orte begeben, die einen die Vergangenheit besser verstehen lassen. Über Seiten beschreibt Bator, die selbst aus Wałbrzych stammt, in ihrem Buch, wie die Deutschen alles haben stehen und liegen lassen, wie die Straßenschilder ausgetauscht wurden und mit ihnen ein Stück Identität. Ich versuche mir den Moment dazwischen vorzustellen. Ich sehe eine Geisterstadt vor mir mit den hübschen Häusern, in denen keiner wohnt, den kleinen engen Straßen, durch die niemand läuft. Bator zeigt die Perspektive der Polen, die dort ankommen und plötzlich von fremden Tellern essen, in fremden Betten schlafen, beschreibt, wie man aus deutschen Gardinen polnische Hochzeitskleider macht. Der Roman erzählt von der Geschichte dreier Generationen im Spiegel ihrer Zeit. Großmutter Zofia, Mutter Jadzia und Tochter Dominika.

Die Geschichte meiner Familien gleicht der vieler anderer und besonders darin, dass ich nur wenig über das Einzelschicksal meiner Groß- und Urgroßeltern weiß. Ich erinnere mich, dass mein Großvater immer irgendetwas von einem Stück Wald faselte, dass er eines Tages nach drüben fahren wollte, um einzufordern, was rechtmäßig ihm gehöre. In meiner Erinnerung als Kind hatte mein Großvater nie viel übrig für die Polen. Ein Groll, den ich mir damals nicht erklären konnte, nach dessen Ursprung ich mich nicht zu fragen getraut habe. Irgendwann im Laufe der Jahre legte sich sein Gram ein wenig. Polnische Salami wurde gern gegessen, man fuhr regelmäßig von Berlin über die Grenze nach Polen Zigaretten kaufen oder ließ sich das Auto voll auftanken. Viel haben meine Großeltern über die Vergangenheit nicht gesprochen, gefragt habe ich nie. Jetzt, wo ich all das wissen möchte, ist es zu spät. Sie sind beide tot.

Bei dem Wort Nazi schafft es Gerda immer wieder gekonnt auszuweichen. Nichts aus ihrer Erzählung deutet darauf hin, dass die Nachkriegsjahre eine harte Zeit gewesen waren. Gerda hat sich ihre Erinnerung, so wie viele andere auch, selbst konstruiert. Soll sie sich doch erinnern, woran sie möchte, mir würde es im Traum nicht einfallen, ihre Geschichten zu hinterfragen. Trotzdem platziere ich immer mal wieder die Worte Hitler, Nazi, Flucht und Vertreibung, nur um zu schauen, wie ihre Reaktion ist. Vor dem Büro der Touristeninformation angekommen, gleich neben der Bibliothek, verabschiede ich mich herzlich von Gerda, bedanke mich für den kleinen Spaziergang und beobachte ihren schnellen Gang, bis ich durch die Tür gehe. Dort decke ich mich erst mal mit Broschüren und einem Stadtplan ein, so als wolle ich doppelt so viel von dem nachholen, wonach mir gestern nicht der Sinn stand. Ich verlasse die Altstadt, steige in den Bus A, der entlang der Wrocławska minutenlang geradeaus fährt. Eben noch in der edlen Altstadt, öffnet sich aus dem Busfenster schauend links und rechts von mir eine ganz andere Welt. Plattenbauten, nichts als Plattenbauten. Die Wohnsiedlung Piaskowa Góra, gebaut in den 1960er Jahren, liegt auf einem Hügel am Rande der Stadt. Als die Siedlung neu errichtet wurde, galt es als en vogue hier einzuziehen. Von dieser Zeit erzählt Bator auch. Detailgetreu spiegelt sie das Leben ihrer fiktiven Figuren, die auf 40 qm nicht viel haben, aber groß träumen. Viele, die hier früher lebten, wurden vertrieben, mussten für sich und ihre Familien ein neues Zuhause schaffen. Was für die Großeltern Erinnerung war, muss die Generation um Dominika selbst rekonstruieren. Schwer wiegen die Altlasten auf den Schultern der vergewaltigten Großmutter, die nicht weiß, wie sie ihre Tochter lieben kann und erst mit der Enkelin alle stillgelegten Gefühle zum Vorschein bringt. Die Mutter Jadzia, die vom fernen Westen träumt, sich regelmäßig die Kinder aus dem Unterleib schaben lässt, sich nicht erklären kann, warum ihre Tochter Dominika so anders ist. Die durchschaut nämlich das Leben ihrer Eltern, ihrer Nachbarn. In die weite Welt möchte sie hinaus. Mit ihr ein neuer Anfang. Für Bator kann jeder selbst entscheiden, wie viel Bedeutung man den Teilelementen der eigenen Wurzeln beimisst. Die Schmerzen der Vergangenheit, das Trauma einer ganzen Gesellschaft, die Hoffnung auf ein besseres Leben, das alles zieht sich im Roman über mehrere Stockwerke hindurch.

Ich stehe vor einem riesigen rosa Wohnblock, zähle die Fenster, wie sie wabenartig jeweils 11 Geschosse nach oben reichen. Die 198 Fenster werden vom Regen berieselt, dessen Tropfen an dem Glas abperlen und nach unten laufen. Ein Gefühl der Wehmut überkommt mich, bis schließlich Tränen meine Augen füllen. Ich denke an Gerda und meinen Großvater. Ich denke an die Vergangenheit, die wie ein schwarzer Schatten mich mit jedem Schritt begleitet. Zwar kenne ich die Plattenbauten in Marzahn und Hohenschönhausen schon deswegen, weil ich selbst die ersten Jahre meines Lebens dort verbracht habe, aber ich habe mir nie die Zeit genommen, einmal genauer hinzuschauen. Die Wehmut schlägt um in Wut, ich weiß nicht woher sie kommt.

Der Regen wird heftiger und die Tränen vermischen sich mit den Tropfen auf meiner Haut. Ich laufe ein Stück die Ul. Janusza Kusocińskiego herunter, biege rechts in die Ludwika Hirszfelda und halte vor einem kleinen Café an. Draußen vor der Tür stehen Männer und betrinken sich genauso, wie Bator es beschrieben hat. Hier regiert Uniformität. Die Tristesse, sie muss weggetrunken werden. Mein Weg führt mich weiter hoch zum nördlichen Rand des Berges, an dem ein großes Kaufland-Schild prangt. Ich blicke vom Berg Richtung Westen. Irgendwo da, ganz weit hinten, ist die Grenze zu Deutschland, die nicht mal

zwei Autostunden von hier entfernt ist. Was für ein gewaltiger Unterschied zwischen dem Punkt, an dem ich stehe und der anderen Seite, auf der alles besser scheint. Zwei Welten und doch ist die Luft, die vom Wind getragen wird, eigentlich überall dieselbe. Ich atme tief ein. Nach ein paar Stunden gewöhne ich mich an die Umgebung. Die Schönheit des Augenblicks liegt im Betrachter und so kann ich tatsächlich dem wilden Treiben zwischen all den hohen, bunten Häusern etwas Positives abgewinnen. New York, denke ich, muss sich in etwa auch so anfühlen. 1 Stunde und 28 Minuten später bin ich zurück in Wrocław. Eiligen Schrittes suche ich die Bahnhofsbuchhandlung auf. Ich möchte mir die polnische Ausgabe von Bators Buch kaufen, bevor der Bus mich um 19:30 Uhr zurück nach Berlin fährt. Nicht, dass ich das Buch jemals lesen könnte, aber ich möchte es besitzen. Zu meiner Überraschung haben sie »Piaskowa Góra« tatsächlich vorrätig, für 27,93 Złoty. Die junge Kassiererin, die ausgezeichnet Deutsch spricht, nimmt freundlich meine Kreditkarte entgegen, ich ahne es, ihr Blick bleibt kurz bei meinem Namen stehen. Komm schon, denke ich, du willst es doch wissen. Frag mich! Frag mich! Die Frau öffnet ihren Mund. Sie sagt: »Oh, Poznan!« Ich denke: Ja, schieß los. Ihr Mund breitet sich zu einem Lächeln. »Wusstest du, dass der Großvater deiner Bundeskanzlerin aus Poznań stammt?«
Ich bin sprachlos. Nein, das wusste ich nicht.

Judith Poznan ist gelernte Buchhändlerin, studiert in Berlin Literaturwissenschaften und Publizistik und ist als freie Journalistin und Moderatorin tätig. Regelmäßig schreibt sie für das Online-Magazin »im gegenteil«. Sie war Mitorganisatorin der Lesereihe »Readings for Refugees«.

Anik Feit

LEICHTGEWICHT

Am Anfang war das Bild. Sie weiß nicht mehr, wann. Sie weiß nicht mehr, wo. Aber es war da, und sie hat es gesehen. Keine Reproduktion, sondern ein richtiges Bild. Gerahmt natürlich. Auf Leinen. Ölfarben. Ölfarben? Woher weiß sie das? Sie weiß es nicht. Aber sie hat es gesehen, das Bild auf Leinen und in Öl. Es zeigte eine fliegende Kugel. Mit vielen schönen Dingen. Eine Posaune, ein Sessel, ein Weinfass, eine Büste, ein Löwe, ein Tisch vielleicht, Lorbeer, und ein fliegendes Pferd, das einem Einhorn glich, oder umgekehrt. Ein Fahrrad? Ein Klavier. Nein, kein Klavier. Die Kugel war gar keine Kugel. Das hatte sie sofort erkannt. Sie schwebte. Ohne Grollen schwebte sie durch die Nacht. Den Strand entlang. Bestimmt und selbstbewusst, zweifelfrei. Wann war das? Wann hat sie das Bild, die Kugel gesehen? Das weiß sie nicht. Aber alles stimmt. Einen Löwen hat sie nie gesehen. Sie war nie im Zoo. Auch nicht in Afrika. Zu Hause standen Stühle, keine Sessel. Lorbeer kennt sie. Die Großmutter hat immer ein Lorbeerblatt in den Eintopf gegeben. Eines. Getrocknet. Posaunen kennt sie auch. Abends beim Volksfest, damals. Und Fässer in rauen Mengen. Büsten hat sie wohl auch gesehen, aber nicht als solche wahrgenommen. Nichtsdestotrotz stürmt sie jetzt über den Strand, leicht, schwebend. Eine Kugel. Sie ist Büste, Posaune, Sessel, Fass, Lorbeer, Löwe und vielleicht sogar Klavier. Den Schatten darf man nicht vergessen. Der Schatten ist wichtig. Aus ihm heraus erst wird das Ganze ein Ganzes. Sie stürmt schwebend über den Strand hinaus. Nichts kann sie aufhalten, nichts wagt es, sich ihr in den Weg zu stellen. Außer Atem ist sie lange schon, und hungrig. Aber sie kann nicht anhalten. Sie will nicht. Sie muss weiter. Ein Windstoß, abgeschwächt bereits, trägt sie über die Straße, gegen das Hindernis. Jetzt ist Schluss. Jetzt kann sie nicht mehr weiter, hängt am Hindernis fest. Die Posaune stöhnt. Das Klavier ächzt. Also doch ein Klavier? Ein Baum, das Hindernis ist ein Baum, ein Apfelbaum. Glücklich streckt sie ihre Arme aus, saugt gierig die Äpfel ein. Schnell. Ein, zwei, drei, vier, fünf. Neunzehn hat sie nun geschafft. Neunzehn Äpfel, bevor es schreit: »Halt! Dieb!« Schnell zieht sie die Arme in die Kugel hinein. Will zurück auf die Straße. Zurück in den Wind. Da geschieht etwas Verstörendes.

Jemand greift in sie hinein, hebt sie samt Büste, Löwe, Posaune, Sessel, Einhorn, samt allem hoch, und quetscht ihr die Finger in den Nacken. Mit großen Augen starrt sie ihn an. Sie hat ein Bild gesehen. Ihn interessiert das nicht. Er ist groß und stark. Er könnte sogar Münchhausens Kugel in einer Hand halten. Er ist schön. Er trägt einen Schnauzer, hat volles, dunkles Haar, eine gerade Nase, tiefschwarze Augen und eine blaue Uniform. Er ist stolz. Er gräbt seine Finger in ihren Nacken. Es schmerzt. Ihn interessiert das nicht. Er will zeigen, dass er jemand ist, jemand, auf den man sich verlassen kann. Er zieht ein Telefon. Er hechelt, als wäre es andersherum, als würde sie ihm die Finger in den Nacken krallen. Er hechelt ins Telefon: »Ein Dieb! Ein Dieb!« Er trägt nur ganz wenige Abzeichen, er muss sich noch beweisen.

Auf der Terrasse des Hauses, das zu dem Apfelbaum gehört, steht eine wunderschöne, vollschlanke, blonde Frau mit gebärfreudigem Becken und schlägt die Hände über dem Kopf zusammen. Da begreift sie, dass dies ihr Verhängnis sein wird: Eine schöne, blonde Frau und ein nicht minder schöner, dunkelhaariger Mann in blauer Uniform. Das ist großes Pech. Die vollschlanke, blonde Frau schlägt immer noch die Hände über dem Kopf zusammen. Ein Dieb! In ihrem Garten. Gerade jetzt, da, er. Wie stark er ist! Wie blendend er aussieht, in seiner blauen Uniform. Doch nicht alles ist Glück, was danach aussieht. Auch für die blonde Frau ist dies eindeutig der falsche Zeitpunkt. Büßen aber wird nur sie. Das Übliche halt. Während der schöne Mann in seiner Uniform ihr weiterhin seine Finger in den Nacken krallt, schwillt seine Brust an. Nun wird er es allen zeigen. Dass er einer ist. Einer zum Bewundern. Zum Befördern auch. Hinaus aus dem Dorf, rein in die Stadt. So einer ist er nämlich. Seine Brust schwillt und schwillt. Dann kommt die Wanne. Sie wird hineingeschoben. Der Wind, der Verräter, hilft ihr nicht heraus aus der misslichen Lage. Durch die Scheibe der Wanne mit den Augen des Löwen sieht sie, wie die Uniform über der geschwollenen Brust auf das gebärfreudige Becken zuschlendert. Nun weiß es jeder, nämlich, dass er zu dieser Zeit an diesem Ort nur deswegen ist, weil es einen Dieb gegeben hat, den er dingfest machen musste.

Doch da sitzt sie schon vor dem Kommissar der Kreisstadt, zu deren Territorium das Haus gehört, das zum Apfelbaum gehört. Der Kommissar packt ihr keine Krallen in den Nacken. Er ist nicht stolz und nicht groß. Aber auch er trägt eine Uniform. Sie hat Angst vor Uniformen. Immer schon. Oder schon seit sehr Langem. Der Kommissar hat eine angenehm rauchige Stimme, und macht lange Pausen zwischen seinen Sätzen. Das gefällt ihr. Nun möchte auch sie ihm gefallen. »Einmal habe ich ein Bild gesehen.« Aber sie kann sich nicht erinnern, wann und wo. Er ist enttäuscht. Das spürt sie gut, deswegen strengt sie sich an. Sie strengt sich über die Maßen an. Sie will es unbedingt richtig machen. Sie sagt: »Es war in einer Stadt, die nicht München hieß, und auch nicht die Eifel. Vielleicht Berlin, oder Warschau, Amsterdam. Aber nicht damals, als mein Freund nicht zum Abendessen erschien. Es war auch nicht, als der Herr mich küsste. Es war nicht im Café, und nicht, als man den Anarchisten zusammenschlug.« Aber wann dann? »Es war nicht im Zug, nicht im Krankenhaus, nicht im Wald, und nicht im Radio. Und auch nicht, als meine Tochter starb. Aber einmal habe ich ein Bild gesehen.« Dann weint sie, kläglich. Der Kommissar reicht ihr ein Taschentuch. Er schwitzt. Was, da kein Wind weht, durchaus normal ist. Mit seiner rauchigen Stimme sagt der Kommissar: »Nun lassen sie mal die Hälfte der Äpfel hier. Und dann wird alles gut.« Sie

gerät in Panik. Wie viel ist die Hälfte der Äpfel? »Schon gut, schon gut«, murmelt der Kommissar. »Geben Sie mir einfach einen Apfel, und dann hat sich das.« Sie aber weiß plötzlich nicht, was er von ihr will. Er ist nett, das weiß sie, aber was um Himmels willen will er von ihr? Auch sie will nett sein. Also greift sie in sich und reicht dem netten Kommissar das Klavier. Sie erschrickt furchtbar. Ein Klavier ist kein Apfel. Wie dumm von ihr. Aber der Kommissar lächelt freundlich, und bedankt sich. »Es ist nicht schlimm«, sagt sie, »das Klavier ist eh zu schwer, und obendrein nicht gesichert«. Da greift der Kommissar zum Telefon und verlangt nach einem Namen, den sie noch nie gehört hat. Wieder hat sie Angst. Das ist heute nicht ihr Tag. Heftig schüttelt sie den Kopf. Der Kommissar bleibt freundlich, sagt, alles wäre in bester Ordnung. Trotzdem ist immer noch kein Wind zu spüren.
Eine vierschrötige Frau mit braunem Haar, die nicht im Entfernten so schön ist wie die Blonde auf der Terrasse, die zu dem Apfelbaum gehört, die dafür aber ebenfalls eine blaue Uniform trägt, schiebt sie nun einen langen, schmalen Gang hinunter. Sie ringt nach Luft, glaubt ersticken zu müssen, aber die vierschrötige Frau schiebt sie gnadenlos den Gang hinunter. Als wäre sie ein Leichtgewicht. Sie ist ein Leichtgewicht. Ohne Wind fehlt ihr die Kraft, sich zu widersetzen. Sie wird nun in einen niedrigen Raum geschoben. Auch hier kein Wind. Die vierschrötige Frau bleibt draußen. Der Raum ist voll. Bekleidungsstücke türmen sich auf, in Stapeln die Wände entlang, in Haufen die freie Mitte auffüllend, in Kisten

unter den beiden Holztischen. Als sie diese viel zu vielen Bekleidungsstücke sieht, wird ihr kalt. Ihr rutscht das Herz in die Hose: Das Bügeleisen! Wer hat es angestellt und nicht wieder aus? »Da war gar kein Bügeleisen auf dem Bild«, sagt sie, »nie ist da ein Bügeleisen gewesen«. Sie hat es gesehen, das Bild, ohne Bügeleisen. »Hier«, sagt eine Stimme hinter einem Kleiderturm und reicht ihr zwei Stück Trikotstoff. »Hellblau«, sagt die Stimme. »Sehr schön. Müsste passen.« Ihr wird schwindlig. Was soll sie mit Hellblau? Zögerlich greift sie in sich, zieht einen Apfel hervor und reicht ihn der Stimme. Die Stimme bedankt sich mit einem Lächeln, sie aber sieht, wie wurmstichig das Innere der Stimme ist. Sie muss sich setzen. Das ist neu. Dass die Angst sie zwingt sich zu setzen, kennt sie nicht. Es widerstrebt ihr, aber es geht nicht anders, die Knie sacken ein. »Nun nehmen Sie schon. Man hat ja auch noch anderes zu tun«, meint die nun deutlich wurmstichige Stimme. Plötzlich hält sie das Hellblau in ihren Händen. Hastig stopft sie es in die Posaune, so gut es eben geht. Sie hat verstanden: Hier darf sie nicht bleiben. Sie will nicht bleiben, auf keinen Fall. Sie stemmt sich hoch, schlurft zur Tür, so gut es eben geht. Die linke Hüfte schmerzt sehr. Doch kaum hat sie die Tür geöffnet, spürt sie ihn. Sofort fühlt sie sich besser, und der Gang wird kürzer, immer kürzer. Da geht auch schon die Vordertür auf. Und alles wird leicht. Sie lächelt. Der Wind ist also doch gekommen, sie zu retten, vor dem Pech an diesem Tag. Nun schwebt sie, trollt durch die Gegend. Was für ein Glück. Sie hat Äpfel, ihr ist warm, und leicht, und

hellblau. Und sie weiß, es geht weiter. Noch ein Weilchen
wird es weitergehen.

Anik Feit, geboren 1961 in Luxemburg, lebt seit 2000 in
Berlin, arbeitet als freie Dramaturgin in Berlin und Luxemburg, schreibt seit 2009 eigene Kurzgeschichten. 2014
erste Lesung gemeinsam mit Luc Spada unter dem Titel
»draufgehen und reinhauen« im Grünen Salon, Berlin.
2016 erscheint »Ein Hauch von« (Kurzprosa) in Signum
Blätter für Literatur und Kritik.

Kat Kaufmann

Tausendneunhundertzweiundachtzig Jahre Exil
oder
Hätt ich das gewusst, wär ich liegen geblieben

Er blutete aus den Augen. Seine Hände bluteten auch.
Das ist halt manchmal so, sagte er sich. Kenn ich schon.
Bin ich anscheinend leicht überarbeitet, dachte er. Hat
sich ja, seit ich 33 bin, immer wieder spontan entladen,
dieser Blutbad-Mist. Der Verrückte aus dem Fünften
hatte ihn aus seinem Mittagsschlaf gerissen und schrie
immer noch aus dem Fenster:
»Meine Kinder sind Wölfe! Wie auch ich wittern sie das
schwache Fleisch! Wie auch ich scheuen sie keinen Augenblick, es sich zu nehmen, zu erniedrigen das ganze Geschlecht, die ganze Art, die Sippe! – Sie sollen wissen: SIE
SIND SCHWACH!
Dies ist mir heilig!
Dies ist es, worum ich heule nachts zum Mond!
Ich bin der Abschaum meines Abschaums, und schäume
aus dem Mund, wenn ich dich wittere!

*So lern doch eines Hundesohns Benehmen! So lebe, aber
sieh dich an – das Blut, es haftet dir noch immer in den
Haaren, unter den Nägeln, färbt die Zähne rot!*
*Und wütend schreien wir zum Himmel, der schwarzblau
da oben waltet, dass wir nicht satt sind! Niemals satt sind!
Wir sind auf ewig die Verdammnis! Wir sind auf ewig Hundesöhne! WIR sind die Art, die wir erhalten! Wir werden
alles andere reißen!«*

In der Wohnung nebenan lief der Fernseher schon wieder
so laut. Im linken Ohr bemerkte er einen leise säuselnden
Tinnitus aufsteigen.
Er fuhr den Rechner hoch und flog über die Einträge.
Empörung, brennende Häuser, drohende Kriege, ein
Kätzchen, das winkt, scheiternde Verhandlungen zwischen Weltmächten. Überall spuckte man einander ins
Gesicht. Er wählte sich eines der Fotos, auf dem es brannte, und schrieb in die Kommentarzeile: »Ihr seid wie
Kinder, deren Arme zu kurz sind, um die Keksdose zu
greifen, die oben im Regal steht! Und in der Dose liegt es
ungenutzt: das lösungsorientierte Denken.«

Das war jetzt doch ganz schön angriffslustig, dachte er.
Ob man ihn jetzt so versteht, fragte er sich. Aber man
verstand ihn ohnehin noch nie richtig. Unter das Kätzchen schrieb er nichts. Klickte das Video aber dennoch
sieben Mal an, und schaute selig zu, wie das kleine pelzige Ding da vermeintlich menschlich in die Kamera salutierte.

Jemand hatte seinen Kommentar kommentiert: »Verpiss dich, du Schwuchtel! Wegen solcher wie dir geht hier alles unter! Wahrscheinlich bist du auch so ein scheiß Schmarotzer! Du kleiner Assispast!«

Nein!, sagte er sich, da lohnt sich keine Antwort, sagte er sich, da erreicht man nichts, sagte er sich. Wenn der Mob wütet, dann wütet er. Immer noch befremdlich, diese derben Ausdrucksweisen, dachte er, doch da, wo er jetzt seit geraumer Zeit wohnte, sprach man noch um einiges härter. Aber alles hat sein Gutes – jetzt wusste er zum Beispiel nicht nur, wie man ordentlich aggro abgeht, was ihm schon bei so manchem Nachtspaziergang die Haut gerettet hatte, sondern auch, wie man eine Kalaschnikow in unter einer Minute auseinander baut und wieder zusammen. Ob er selbst mal wütend war, fragte er sich. Ja, dachte er – wenn ihm zum Beispiel die Kopfhörer beim Joggen aus Versehen im besten Part eines Songs aus dem einen oder dem anderen Ohr herausfielen. Er erfreute mit diesen Zwischenstopps seiner sonst so sexy dahingleitenden Joggingtour die Passanten, weil sie schadenfroh dem langhaarigen Beau zusehen konnten, wie er an seinem Unvermögen verzweifelt. Aber wie er es drehte und wendete – da konnte man doch nicht das gleiche Wort benutzen – ›WUT‹: für die Kopfhörersache und DAS? Diese wild gewordene Welt mit der überall stolz zur Schau getragenen geistigen Gewebeschwäche? Sitzen da wie Idioten, weil es ihnen einfach nicht gelingen will, die eckige Form in die kreisrunde Aussparung zu quetschen, und geraten in Rage, dass es schlicht alle Synapsen lahmlegt!? Wer will sich denn vergleichen lassen mit denen? Wer will denn da noch wütend sein?! Ich nicht, sagte er sich, putzte die Zähne, und stellte sich vor, wie er in unter einer Minute etwa 60 Unbelehrbare einfach auf einen Schlag aus der Welt schaffen könnte mit seiner neuen Kalaschnikow, die ihm Vadim vorgestern geschenkt hatte. Ddddddddddd würde es machen, und weg wären sie, die alles Schöne in die Luft jagen wollen, unterdrücken / missbrauchen / mit der Verweigerung von Impfstoffen in die Knie zwingen / die, die sich weigern zu verstehen / die, denen die Hände zu brechen einfach nicht reichen würde … Die Liste würde lang werden. Und er müsste alles wieder selber machen. Er hatte so keinen Bock, aber ließ es sich vermeiden? Er dachte an Zombiefilme, wo Gestalten mit zerfressenen Gehirnen fremdgesteuert verwirrtes Zeug brabbelnd durch die Straßen ziehen. Im Film sind sich irgendwie immer alle einig – Dit muss weg! Das funktioniert doch sehr gut, in den Zombiefilmen!? Dddddddd … Unbelehrbar. Aber nein. Eine unnatürliche Selektion will ökonomisch und klug gestaltet sein, dachte er. Die sogar erst recht! Früher, dachte er, früher hätte man die Zombies einfach versklaven können. Aber das war ja nun nicht mehr PC. Planen muss man. Alles gut planen. Strategisch. Wut ist Affekt, Affekt ist Quatsch, dachte er. Das wär' ja wie auf dem wohlgenährten Arsch rumzusitzen, bis man Hämorrhoiden kriegt, und dann herumwüten, weil man dem Druck da unten nicht mehr standhalten kann? Die Arche bricht, muss man halt schwimmen lernen. Mit solchen Geschichten kannte er sich gut aus. Wütend sein hilft da gar nichts. Er band seine Haare zu einem Man Bun zusammen, und setzte sich wieder auf die Couch.

Jemand hatte erneut kommentiert: »Habt ihr überhaupt nen Vorstellung, wie viele Probleme es auch so schon in den Land hir gibt?«

Bildung und gute Manieren sind nur noch so viel wert wie eine Schreibmaschine oder ein Röhrenfernseher in Farbe, schade, dachte er, und wischte erneut das Blut mit einem Taschentuch von seinen Unterlidern, damit es nicht auf die Tastatur tropft. Your Friend Sam liked this – er klickte drauf:

Zum Hashtag #I'mInTheElevatorCuzImCominUp das Bild eines Mädchens mit riesigem Hintern, den sie so gekonnt vor die Linse geschoben hatte, dass er nicht nur doppelt so groß, sondern auch tatsächlich doppelt zu sehen war - nämlich auch in der Spiegelung des Fahrstuhlspiegels, in dem sie ›Up‹ kam. Unter dem Bild 12.085 Likes. Er überlegte – wie einfach?! Liebe, klarer Geist, Frieden – diese Dinge hätten einen eigenen Instagram Account nötig, auf dem sie Fotos von ihren fetten Bubble-Ärschen posteten mit Hashtags wie #I'mInTheElevatorCuzImCominUp. Denn weder Liebe noch Frieden noch klarer Geist schienen ohne nachzuhelfen so sexy zu sein wie so ein Doppelarsch, nicht so lukrativ, nicht so handelbar, nicht so easy to achieve, nicht so einfach zu begreifen, zu fressen, nicht so geil, geil ... Geil ist alles, worum es geht! Und Glotzen! Glotzen wie in der Glotze der beschämenden menschlichen Dümpelei, diesem Herumgestocher im Bienenstock als perverse verhasste Sextouristen, die gekommen sind, ihre Tentakel in die Unsicherheitszone anderer zu stecken, gefrönt wird, als sei es das normalste der Welt. Fickend, saufend, schreiend, mordend, schweigend! Menschheit. Ihr geht mir ja so auf den Sack! Ich wär' verreckt für euch!!! Und alles, was ihr verstanden habt, ist: Follower! Sammle Follower! Und dann zeigt ihr ihnen den Arsch! Und jetzt schön #sekksiguckn! Und den Bettlern ein ›fuck-off-money‹ geben ...

Aber eure Follower werden euch nicht retten!!! Ich weiß, wovon ich rede!!

Nebenan der Fernseher immer noch auf Anschlag. Tinnitus jetzt auch.

Aus dem Fenster hörte er wieder welche skandieren. Sie bellten und jaulten. Er verstand nicht genau, was es heißen sollte, aber es klang wie WIR SIND AUS HOLZ! WIR SIND AUS HOLZ!

Dann Hupen, Fanfaren, Geschrei. Das war wirklich nicht mehr auszuhalten!

(...)

Die Wand ist durch ... Ich hier mit dem Hammer in der Hand, und da sitzt die Fernsehfamilie jetzt und starrt mich an. Seit wann habe ich diesen Hammer in der Hand?! Meine Augen bluten immer noch. Die Hände auch. Voll auf den Teppich.

Was denn los hier mit euch allen?

WAS LOS IST MIT EUCH AAALLEEEEN???!!!!, schrie er, und blutete weiter den Teppich voll. Und er sah sie an, und schrie: Wohin wollt ihr schwimmen, wenn die verdammte Arche sinkt?!? Und warum ihr lieber diese hochkomplexe Lebenssphäre in Schutt und Asche zerleget, anstatt euch schön am Pimmel rumzumachen, und einfach glücklich Käferchen zu bestaunen?! Und was eure Kindeskinder deren Kindeskindeskindern dann SAGEN SOLLN!?! Wenn die fragen, wie es denn damals so war?! Sagen die denen dann, sie sollen einfach mal die TIME-LINE von Mama und Papa checken?!

Sagt ihr dann:

Yo Kids ...,?

Wir hatten echt ne gute Party so...,?

Sind wir alle halt n bisschen Amok gelaufen damals ... Da! Da seid ihr auch! Da! Das Video, wie ihr von der Schaukel fallt zum Beispiel. 1.362.783 Clicks/ Ist übel viral gegangen/ Als Baby schon Superstar/ Nee, hamwa nicht drüber nachgedacht ... Nee, fanden wir lustig irgendwie ...?

Oder WAS sagt ihr dann!? Sagt ihr dann:

Whatever!?

Achso, ja, das ist ein Elefant!?

Ja, gibt's nicht mehr!? Ja nee, Wasser gibt's auch nich!?

Kein Geld für Wasser!? Glaubt ihr, wir sind Millionäre, oder wie!?

Hier haste 'ne Cola!? Oh, da fällt dir ja schon wieder ein Zahn raus!?

Naja, wir haben eh nur noch Suppen hier im Bunker!?

Mama muss jetzt los!? Vielleicht haben die ja neue Leichen

da oben? Weil Winterkleidung!?
Hier haste dein iPad!? Mach die Luke nicht auf nach Mit-
ternacht!? Da kommen die
Gasbomber!? ... –

ODER WAS WOLLT IHR DENEN ERZÄHLEN?!?
WAS?!
ICH SCHREIE DOCH GAR NICHT!
NEIN, ICH SCHREIE NICHT!
WAS, *WÜTEND*?!?
WER IST DENN HIER VERFICKT NOCHMAL WÜ-
TEND?!
ICH SCHEISSE AUF DIE WUT!
HOCHKANT!
WEIL ICH EUCH
ALLE!
ABGRUNDTIEF!
LIEBE!

Plötzlich war es ganz still. Die sagen jetzt auch nix mehr,
dachte er. Ich auch nicht.
Ich nehme jetzt mein Doxepin, und werde schön runter-
kommen, schön Zen as Zen can, sagte er sich.
Ich kann es ihnen nicht erklären. Ich kann es ihnen einfach nicht erklären, dachte er. Dann ging er ermüdet ins
Bad, setzte langsam die Dornenkrone auf, und begann
seine 16-Uhr-Meditation.

Kat Kaufmann, geboren 1981 in St. Petersburg, lebt als Schriftstellerin, Komponistin und Fotografin in Berlin. Für ihren Debütroman »Superposition« (Hoffmann und Campe, 2015) erhielt sie den ZDF-»aspekte«-Literaturpreis 2015.

David Safier

Mieses Karma. Das verschollene Kapitel

Ich merkte, dass ich wieder einen Körper hatte. Vorsichtig tastete ich ihn ab: Zwei Beine.
Das war gut.
Und es waren richtige Füße dran.
Noch besser.
Ohne Meerschweinchenpfoten.
Fantastisch.
Und ich hatte zwei Flügel.
Nicht gut.
So etwas von gar nicht gut.
Ich öffnete meine Augen.
Und sah Eis.
So weit das Auge reichte.
Und circa zweihunderttausend Baby-Pinguine.
Ich war in der VERFLUCHTEN ANTARKTIS!!!!!!
»Kalt! Kalt! Kalt! Kalt! Schweinekalt! Scheiße-Schweine-kalt!« Diese Wörter – sowie weitere Kombinationen des Begriffs »kalt« mit wahrlich nicht jugendfreien Flüchen – schnatterte ich mit meinem Pinguinschnabel vor mich hin. Aber keine einzige dieser Formulierungen konnte auch nur ansatzweise beschreiben, wie fürchterlich kalt es tatsächlich war.
Ich stand auf einer riesigen Eisscholle, die weiter reichte

als mein Baby-Pinguin-Auge blicken konnte, und hatte ein flauschiges, braunes Fell, das mich vor den eisigen Winden so was von unzulänglich schützte, dass ich am liebsten denjenigen verklagt hätte, der für die genetische Zusammensetzung von Baby-Pinguin-Fellen verantwortlich war. (Viele glauben ja, dass Gott nicht nur die Erde, sondern auch die Tiere erschaffen hat. Allerdings: Wenn es denn Gott tatsächlich gab, ist es eine merkwürdige Vorstellung, ein Baby-Pinguin würde ihn wegen Pfuschs verklagen.)

»Kalt!« »Kalt!« »Kalt!«, schrien auch die anderen braunen Baby-Pinguine. Sie standen ebenso verloren in der Antarktis herum, wie von niemandem bestellt und daher auch nicht abgeholt. Das Geschrei wurde immer lauter und variierte, denn immer mehr der kleinen Pingis schrien nicht mehr »Kalt«, sondern: »Hunger!«

Es war ein unvorstellbarer Lärm, dagegen war ein Kindergarten, in dem gerade koffeinhaltige Cola ausgeschenkt wurde, eine Ruhezone.

Ich aber hörte auf zu schreien und hielt Ausschau nach einem besonders dicken Pinguin. Es war keiner zu sehen.

»Buddha!!!«, schrie ich verzweifelt. Er sollte mir erklären, was das hier sollte. Warum durfte ich nicht bei Lilly sein? Warum bin ich nicht als was Besseres wiedergeboren worden? Was zum Teufel (Gab es den vielleicht auch?) war hier los?

»Buddha, wenn du nicht gleich rauskommst, trete ich dich so, dass du singst wie die Bee Gees.«

Diese Drohung war aus mehreren Gründen zahnlos:

Mit meinen watscheligen Pinguinfüßen konnte ich niemanden ernsthaft treten. Und: Wenn Buddha nicht erschien, musste er auch keine Angst haben, von mir getreten zu werden.

Und genau das tat er auch: nicht erscheinen. Auch nicht, als ich meine Taktik von »zahnlosem Drohen« auf «jämmerliches Flehen« umstellte und rief: »Bitte, bitte, bitte lieber Buddha, hilf mir ...«

Ich wechselte zwischen den beiden Taktiken noch hin und her, schrie mal wütend »Wenn ich dich kriege, tanze ich Cha-Cha-Cha auf deiner Nase«, mal jämmerlich »Verzeih mir und vergiss alles, was ich jemals über Cha-Cha-Cha gesagt habe«, aber es half gar nichts: Buddha war wie ein Mann, der nach drei Dates nie wieder anruft: unempfänglich für sämtliche emotionalen Ausbrüche.

Um mich herum begannen die Pinguin-Babys noch aufgeregter »Hunger« zu schreien, denn vom Meer watschelten Zehntausende ausgewachsene Pinguine torkelnd auf uns zu. Ihre Bäuche waren so dick, dass sie sich kaum noch bewegen konnten. Sie wirkten wie befrackte Kellner, die nach einem Festmahl alle Reste aufgegessen hatten und anschließend noch einen Joint kreisen ließen.

Dennoch torkelte jeder Pinguin zielsicher auf eins der Baby-Pingis zu, offensichtlich konnten sie an der Tonfrequenz des Geschreis ausmachen, welches zu ihnen gehörte. Entweder das, oder es war ihnen völlig wurscht, zu welchem nach Essen verlangenden Kind sie watschelten. Ich hatte auch einen rasenden Kohldampf und fragte mich, wie Pinguin-Eltern wohl ihre Kleinen versorgten. Waren die Pinguine Säugetiere? Bekam ich etwa Pinguin-Milch? Warum nur hatte ich in Biologie nie richtig aufgepasst?

Bei dem Gedanken, Pinguin-Milch zu trinken, fröstelte es mich noch mehr. Doch bereits einige Momente später merkte ich, dass es schlimmere Dinge gab als die Ernährung durch Muttermilch: Ich sah, dass die erwachsenen Pinguine verdauten Fisch aus ihrem Schnabel hervorwürgten und die Babys ihn gierig verschlangen. Jetzt wurde mir schlagartig klar: Die großen Pinguine torkelten so sehr, weil sie sich vorher mit Fisch vollgefressen hatten, um ihre Kleinen zu versorgen. So wollte ich nicht gefüttert werden.

»Buddhaaaaaaaaaaaaaaaaaaa«, schrie ich!

Aber es kam kein extradicker Pinguin auf mich zugewatschelt, nur meine Pinguin-Mutter. Sie sah unglaublich genervt aus und hatte auch keinerlei Probleme damit, es mir mitzuteilen: »Wegen dir Mistvieh musste ich in dem kalten Wasser blöde Fische jagen, sie fressen und Kilometer über Eis watscheln, wie eine fette Matrone.«

Mir war sofort klar: Meine Pinguin-Mama war auch mal ein Mensch gewesen.

»So, jetzt mach deinen verdammten Schnabel auf, damit wir den Ekelkram hinter uns bringen«, sagte sie.

Und Pinguin-Mama war nicht glücklich, dass es mich gibt.

»Ich war auch mal ein Mensch«, sagte ich ihr, und sie hörte überrascht auf, das Essen hervorzuwürgen.

Ich erklärte ihr, wer ich war und was mir alles zugestoßen war, und sie hörte mit offenem Schnabel zu. Sie schloss ihn erst, als ich fragte: »Und wer bist du?« Sie riss sich zusammen und erzählte: »Ich heiße Isabella, wurde 1960 geboren und starb 1992.«

Ich schluckte: Die arme Frau war nur 32 Jahre alt geworden. Gleich darauf schluckte ich noch mehr, denn ich war ja auch nicht älter geworden. Und dann schluckte ich am allermeisten: Isabella war schon seit Jahrzehnten ein Tier. Gut, Meister Casanova war es schon seit Jahrhunderten, aber der war ja auch berüchtigt. Doch wenn sogar ganz normale Menschen so lange als wiedergeborene Tiere leben mussten – bedeutete das nicht, dass mir das gleiche Schicksal bevorstand?

»Willst du wissen, wie ich als Mensch gelebt habe?«, fragte Pingo-Isabella. Ich wollte eigentlich ganz andere Dinge wissen, hauptsächlich wie ich hier so schnell wie möglich wieder wegkommen würde, aber da ich darauf keine Antwort erwartete, nickte ich. Dabei stellte ich fest, dass das Pinguin-Nicken fast eine Ganzkörperbewegung war, da der Hals so in den Rumpf übergeht, dass man gar nicht weiß, wo welcher Körperteil aufhört und der andere beginnt. Entsprechend knallte ich beim Nicken kopfüber auf das Eis.

Als ich mich wieder aufrappelte, erklärte Isabella: »Meine Eltern zogen mit mir von Sizilien nach Duisburg, als ich 15 war. Ich fühlte mich daher immer halb als Italienerin und halb als Deutsche.«

»Klingt schizo«, sagte ich.

»War es auch. Auch wenn es um die Liebe ging. Ich wusste nie, ob ich lieber einen deutschen oder italienischen

Mann haben wollte. Ich sag dir, italienische Männer sind temperamentvoll, aber sie wollten mich immer gleich heiraten und dass ich aufhöre zu arbeiten.«

»Und die Deutschen?«, fragte ich.

»Die sind emanzipierter. Aber die halten sich für temperamentvoll, wenn sie ungelenk auf der Tanzfläche rumhopsen«, und zur Illustration hüpfte Pingo-Isabella hin und her. Und das sah wirklich so aus wie deutsche Männer beim Tanzen. Sie nahm sogar ihre Pinguin-Flügel-Hände und spielte Luftgitarre. Und sie sang dazu: «We will, we will rock you!«

Isabella kam halt aus den 80ern. Ich musste grinsen, aber sie hörte auf zu tanzen und sagte: »Jeden Tag überlegte ich, wo ich lieber sein wollte: Italien, Deutschland, Italien. Und es zerriss mich innerlich. Und dann kam 1992 der Tag, an dem sich alles änderte.«

»Was ist da passiert?«, fragte ich, nun doch etwas neugierig.

»Ich rutschte auf einer frisch gefeudelten Treppe aus und brach mir das Genick.«

»Oh«, sagte ich.

»Ich habe mein ganzes Leben als Mensch mit der Frage verplempert, welche Art zu leben wohl die beste für mich ist. Und darüber habe ich vergessen zu leben«, sagte Isabella enttäuscht, und ihre Bitterkeit darüber ließ mich schlucken.

»Du bist der erste wiedergeborene Mensch, den ich treffe«, erklärte Isabella in einem etwas weicheren Tonfall und fügte hinzu: »Die ollen Pinguine machen nichts

anderes als essen, miteinander zu schlafen und von Seelöwen gefressen zu werden. Aber jetzt habe ich endlich
eine Freundin.«

Sie strahlte. Aber ich konnte ihre Freude nicht teilen,
denn ich sehnte mich gerade nicht nach einer Freundin –
erst recht nicht nach meiner schlechten Erfahrung mit
Nina. Ich sehnte mich nach Potsdam. Nach Lilly, nach
Max und blöderweise auch nach Daniel Kohn. Sogar ein
bisschen nach Casanova.

Aber ich wollte Isabella nicht enttäuschen und lächelte
tapfer zurück.

Des Nachts schützte sie mich fürsorglich mit ihrer Kör-
perwärme vor dem eisigen Wind. Dabei redete Isabella
die ganze Zeit über alle verpassten Chancen ihres Lebens.
Und obwohl ich verstand, dass man nach all den Jahren
mal reden wollte, war ich etwas genervt von ihr.

Unsere Gespräche der nächsten Wochen liefen in der Regel so:

»Ich habe auch nie nackt im Regen getanzt.« »Aha.«

»Und ich habe nie mit Luca geschlafen.« »Soso.«

»Ich wollte nicht leicht zu kriegen sein.«

»Versteh ich.«

»Aber für Luca waren alle Frauen, die nicht leicht zu
kriegen waren, zu schwer zu kriegen.«

»Hmm ...«

»Jetzt bereue ich es, nie mit ihm geschlafen zu haben.«
»Hm ...«

»Am liebsten hätte ich vorher noch nackt mit ihm im Regen getanzt.«

Während sie so über all ihre verpassten Männerchancen quatschte, wurde mir eins klar: Das war nie mein Problem. Ich hatte mit allen Männern etwas angefangen, die mich interessierten.

Und merkwürdigerweise hatte ich meine zielstrebige Art einer Person zu verdanken, von der ich immer glaubte, dass ich ihr gar nichts zu verdanken hatte: meiner Mutter.

Ihr Lebensmotto war: »Man bereut, was man nicht tut.« Und deswegen tat sie alles, was sie wollte.

Gut, das führte dazu, dass sie einen ganzen Haufen Dinge getan hat, die sie später bereute – schließlich wurde sie Alkoholikerin –, aber sie hat nie, absolut nie bereut, etwas nicht getan zu haben. Und diese Charaktereigenschaft hatte ich von ihr geerbt.

Und deswegen war ich nicht so ein Jammerlappen wie Isabella.

Ich blickte zu den Sternen, die über der Antarktis so klar am Himmel funkelten wie wohl zu Casanovas Zeiten in Venedig, und sagte: »Danke, Mama.«

Ich fragte mich, welche Charaktereigenschaften meine kleine Tochter Lilly wohl von mir erben würde.

Und wann ich sie wiedersehen würde.

In der Antarktis lauerten viele Gefahren: Ich konnte in Gletscherspalten fallen. Ich konnte von einem Eisbären gefressen werden. Oder ich konnte von Isabella zu Tode gelangweilt werden. Ihr ständiges Wehklagen, was sie in ihrem Menschenleben alles verpasst hatte, ließ mich über die Möglichkeit nachdenken, Robbenjäger auf Pinguine umzuschulen.

Ich fragte mich, warum ich hier gelandet war. Sicherlich hatte ich gutes Karma gesammelt. Immerhin hatte ich die Meerschweinchen vor dem Bauern gerettet. Na ja, auf der anderen Seite hatte ich sie in die Gefahr gebracht, von Hasso gefressen zu werden, weil ich unbedingt sofort zu Lilly wollte. Hatte ich das ganze gute Karma dadurch wieder verloren?

»Nicht ganz«, sagte eine gemütliche Stimme, und ich sah Meister Buddha als unglaublich dicken Pinguin heranwatscheln.

»Schönen guten Tag«, sagte ich, natürlich ironisch.

»Jeder Tag ist schön, man muss das nur begreifen«, erwiderte Pinguin-Buddha gänzlich ironiefrei, dafür aber mit seinem patentierten Haschkekslächeln, das durch den Schnabel noch etwas absurder wirkte als sonst.

»Warum bin ich ein Pinguin?«, kam ich direkt auf den Punkt. Auf einen »Nutze den Tag«-Vortrag hatte ich keine Lust. Wie soll man schon als Pinguin den Tag nutzen?

»Auch als Pinguin kann man den Tag nutzen«, antwortete Buddha. Er stand jetzt genau vor mir, und ich war erneut schwer genervt, dass er Gedanken lesen konnte.

Als Kind hatte ich mir immer gewünscht, Gedanken lesen zu können. Doch als Erwachsener war mir klar, dass das unangenehm sein musste. Wer will schon, wenn man den Ehemann »Schatz, bin ich zu dick?« fragt, in seinen Gedanken die Gegenfrage lesen: »Im Vergleich wozu?«

Noch schlimmer müsste es sein, in intimen Situationen die Wahrheit zu erfahren. Ich hätte gar nicht wissen wol-

190

len, an wen oder was Daniel Kohn alles dachte, als er mit mir schlief. Es wäre sicherlich schlimm gewesen zu erfahren, dass er in Gedanken bei einer anderen Frau war. Oder noch schlimmer: bei seiner Steuererklärung.

»Warum bin ich ein Pinguin?«, hakte ich nach.

»Weil du etwas mehr gutes Karma gesammelt hast«, antwortete Buddha und kratzte sich mit dem Schnabel am Flügel.

»Ein Pinguin steht höher auf der Reinkarnationsleiter als ein Meerschweinchen?«, ich konnte das nicht ganz glauben.

»Genau in der Mitte zwischen Darmbakterie und Nirwana«, bestätigte Buddha.

»Wer hat das denn so festgelegt? Du?«

»Wer denn sonst«, lächelte Buddha, und ich konnte mich des Eindrucks nicht erwehren, dass diese Rangliste der Tiere etwas willkürlich war.

»Das ist nicht willkürlich«, sagte der Gedanken lesende Pingo-Buddha, »Pinguine sind genau in der Mitte der Reinkarnationsleiter, weil sie genauso mutig wie feige sind, genauso tollpatschig wie elegant ...«

»Wo sind Pinguine denn elegant?«, fragte ich nach.

»Warte ab, bis du sie tauchen siehst«, antwortete Buddha und putzte seelenruhig sein dichtes Gefieder.

»Wenn ich schon als Pinguin wiedergeboren werde, warum bin ich dann nicht wenigstens näher an meinem Zuhause? Näher bei Lilly?«, wollte ich wissen.

»Die Route der Reise bestimmt der Reisende«, sagte Buddha.

»Manchmal klingst du wie ein Glückskeks«, erwiderte ich genervt.

»Das stimmt«, lächelte Buddha, »Aber deswegen ist das, was ich sage, nicht weniger wahr.«

»Aber dadurch, dass es nicht weniger wahr ist, ist es nicht weniger rätselhaft«, erwiderte ich schnippisch.

Er sagte als Antwort nur: »Viel Freude beim Tauchen«, und watschelte davon in Richtung eines Eisberges, den die Sonne wie tausend Scheinwerfer strahlen ließ. Und mir war klar: »Ich komme aus der Antarktis nur heraus, wenn ich weiter gutes Karma sammele.«

Doch selbst wenn ich einen blassen Schimmer gehabt hätte, wie man das als Pinguin tun kann, hätte es mir nichts genutzt, denn – wie hatte Casanova doch gesagt: »Man muss das Gute aus reinem Herzen tun, nicht aus Berechnung.« Ich konnte also das Sammeln von gutem Karma noch nicht einmal planen. Und so beschloss ich, auf eine Gelegenheit zu warten, in der ich instinktiv Gutes tun konnte.

Ich wartete lange.

Ich der Zwischenzeit wuchs ich zu einem ausgewachsenen Pinguin heran. Ich brauchte Isabella nicht mehr als Mutter und sah zu, dass ich mich, unbemerkt von ihr, einer Pinguin-Gruppe anschloss, die eine andere Eisscholle bewohnte. Es war zwar gemein, weil Isabella nun niemanden mehr hatte, den sie über ihr vergeudetes Leben vollschnattern konnte, aber dafür tötete ich sie auch nicht im Affekt. Denn das hätte ich sicherlich irgendwann getan, wenn ich mir das weiterhin jeden Tag stundenlang hätte anhören müssen. Und das hätte ihr sicherlich noch weniger gefallen, als alleine zu sein. Und ich hätte dabei auch noch mieses Karma gesammelt.

In meinen Monaten als Pinguin stellte ich fest, dass Buddha Recht hatte: Das Leben eines erwachsenen Pinguins hatte gute und schlechte Seiten.

• Die Antarktis war zwar eiskalt, aber in ihrem weißblauen Farbenspiel einzigartig schön.

• Als Pinguin bewegte man sich an Land zwar wie ein Clown, aber beim Schwimmen und Tauchen jagte man pfeilschnell durch das wunderbar eisige Meer.

• Fisch schmeckte zwar nicht, war aber auch nicht schrecklich. Es war wie Essen in einer guten Betriebskantine.

• Manchmal war das Leben hart – zum Beispiel, wenn einen beim Schwimmen die Brandung gegen Eisklippen spülte. Aber die meiste Zeit hatte man genug Zeit zum Verdauen, in der Sonne sein Gefieder zu putzen und sich zu entspannen.

• Und entspannen konnte ich mich. Manchmal jedenfalls. Ich trauerte zwar jeden Tag stundenlang wegen Lilly und Max und schämte mich immer noch wegen Daniel Kohn, aber ich beurteilte wenigstens meine Mutter milder, hatte ich doch dank Isabella gemerkt, dass sie mir etwas entscheidend Gutes für das Leben mitgegeben hatte.

• Für ein paar Momente nutzte ich also den Tag zum Genießen, wie von Buddha vorgeschlagen. Na ja, streng genommen, nutzte ich nicht den Tag, sondern nur eben ein paar Momente. Aber es war mehr, als ich je von diesem Pinguin-Leben erwartet hätte.

Und dann kam der Tag, an dem ich gutes Karma sammelte. In meinen Gedanken hatte ich mir immer ausgemalt, dass ich mich dabei heldenhaft für einen anderen Pinguin aufopferte, ihn aus den eisigen Fluten vor einem Seelöwen rettete, am besten noch mit einem Spruch à la »Hasta la vista, Seelöwe« oder »Dieser Ozean ist zu klein für uns beide« auf den Lippen. Aber auch hier zeigte sich die Mittelmäßigkeit meines Pinguin-Daseins. Ich starb zwar und half einem anderen Pinguin, sein Leben zu ändern, aber es war eine wenig heldenhafte Tat. Und es ging um Isabella.

An einem besonders strahlenden Tag tauchte ich durch das Meerwasser und genoss das kalte Wasser, das durch mein Fell strich. Beim Auftauchen sah ich auf einem kleinen Eisfelsen vor mir Isabella hocken.

»Kim«, rief sie.

Ich tat so, als ob ich sie nicht hörte, was nicht sehr glaubwürdig war, schwamm ich doch keine 20 Zentimeter von ihr entfernt. Ich drehte mich um, hörte noch »Kim, warte doch«, und tauchte in das Meer hinab. Mein Bedarf an Gesprächen über nie getätigte Nackttänze im Regen war gedeckt.

Doch Isabella sprang hinterher. Ich tauchte geschwind durch die Meeresströmungen, vorbei an Eisbergen, Krillschwärmen und anderen schwirrenden Fischen, deren Namen ich als meeresbiologischer Analphabet noch immer nicht kannte, die aber alle verdammt lecker aussahen.

Aber ich schnappte nach keinem von ihnen, obwohl ich ziemlichen Hunger hatte, denn ich wollte Isabella entkommen. Blöderweise konnte sie deutlich schneller tauchen als ich – schließlich war sie schon seit Jahrzehnten ein Pinguin und daher mehr im Training. Und so schnitt sie mir den Weg ab.

Ich gab vor, mich unglaublich für eine Koralle zu interessieren, die unter uns lag. Ich starrte sie von allen Seiten an. Aber Isabella ging nicht weg, sie schwamm zwischen mir und der Koralle und blickte mir so lange tief in die Augen, bis ich aufgab und an die Meeresoberfläche paddelte.

Sie tauchte neben mir auf, und wir beide machten einen auf Eisberg: Kopf aus dem Wasser, sechs Siebtel des Körpers unter der Oberfläche.

»Warum haust du vor mir ab?«, fragte Isabella, mit einem Hauch von Enttäuschung.

»Ähem, ich hau nicht vor dir ab«, erwiderte ich kläglich.

»Vor wem denn dann?«

»Ähem, vor einem Seelöwen«, sagte ich.

»Ich hab keinen Seelöwen gesehen.«

»Wir waren halt schneller als er«, hielt ich dagegen.

»Und warum hast du mich verlassen?«, wechselte sie leider nicht ganz das Thema.

»Ich habe mich verlaufen.«

»Verlaufen?»

»Das kann einem schon mal passieren, hier sieht alles gleich aus.«

»Wir Pinguine haben einen guten Orientierungssinn«, sagte Isabella und sah mich vorwurfsvoll an: »Weißt du, was ich langsam glaube: Du willst mich nicht sehen.«

Ich überlegte, was ich antworten sollte. Würde ich die Wahrheit sagen, würde ich sie verletzen. Sicherlich kein Weg, um gutes Karma zu sammeln. Aber würde ich lügen und ihr sagen, dass ich sie mag, hätte ich sie wieder am Hals. Was also tun?

»Hab ich es versäumt, eine gute Freundin zu sein?«, fragte sie. Und da platzte mir der Pinguin-Frackkragen: »Du warst nie eine Freundin von mir. Ich war überhaupt nur bei dir und habe mir dein Gejammer angehört, weil ich dein Kind war!«

»Ich habe gejammert?«, fragte Isabella mit vor Staunen geöffnetem Schnabel. Meerwasser schwappte hinein, und sie musste husten.

»Ja, in einer Tour!«, sagte ich, etwas weniger sauer als zuvor. »Konzentriere dich doch mal auf dein jetziges Leben.«

»Aufs Fischefressen?«, fragte sie durcheinander.

»Aufs Karmasammeln«, erwiderte ich und dachte, von mir selbst überrascht: Ich klinge wie ein Pressesprecher von Buddha.

Isabella schaute mich an. Sicher hatte Buddha ihr auch erklärt, was sie tun musste, um ins Nirwana zu kommen. Allerdings ist es nur allzu menschlich, beziehungsweise pinguinlich, nicht das zu tun, von dem man weiß, dass es gut für einen ist: aufhören mit Rauchen, Sport treiben, aufs Fremdgehen mit Daniel Kohn verzichten ...

Aber wenn man jemanden so rundmacht, wie ich Isabella in den eisigen Wellen des antarktischen Meeres, dann

kann es schon mal sein, dass dieser jemand sein Leben
doch ändert.

Isabella sagte: »Du hast recht, ich werde ...«

Mehr hörte ich nicht.

Meine Füße, die im Meere strampelten, wurden von einem Maul gepackt, mein Kopf verschwand unter die Wasseroberfläche, und ich wurde in die Tiefe gerissen. Das Letzte, was ich sah, war das zutiefst zufriedene Gesicht eines Seelöwen.

David Safier, geboren 1966, zählt zu den erfolgreichsten deutschsprachigen Autoren der letzten Jahre. Nach seiner Journalistenausbildung arbeitet er nun als Drehbuchautor und Schriftsteller. Die von ihm als Hauptautor entwickelte Sitcom »Berlin, Berlin« wurde sowohl mit dem Adolf-Grimme-Preis als auch dem US-amerikanischen Fernsehpreis Emmy ausgezeichnet. Seine Romane »Mieses Karma«, »Jesus liebt mich« und »Plötzlich Shakespeare« erreichten Millionenauflagen. David Safier lebt mit Familie in Bremen.

Michel Birbæk

FREMD.

Vor 56 Jahren war mir das Leben mit meiner Familie noch fremd.
Vor 50 Jahren war mir mein Jugendfreund noch fremd.
Vor 40 Jahren war mir meine erste große Liebe noch fremd.
Vor 30 Jahren war mir meine Rockband noch fremd.
Vor 20 Jahren war mir meine Lieblings-Ex noch fremd.
Vor 10 Jahren war mir meine bislang letzte Liebe noch fremd.
Heute ist mir die Frau, die ich heiraten werde, noch fremd.

Wie schön, dass es noch Fremde gibt.

Michel Birbæk heißt Michel Birbæk. Er wurde in København geboren und ist sehr gern in Deutschland am Leben.

Friedrich Ani

Die Geburt des Menschen

Fremd bist du, fremd
im traumlosen Land.
Es trägt ein warmes Gewand
und du ein blutiges Hemd.

Fremd bist du, alt,
wir kennen dich nicht.
Du hast ein dunkles Gesicht
und deine Hände sind kalt.

Schwieriger Fall,
zur Unzeit auch noch.
Am Sonntag ruhen wir doch
noch vom Wochentagsball.

Wer bist du, wer?
Was willst du von mir
in meinem Heimatrevier
und schaust so weltkundig her.

Mensch willst du sein?
Wie wir in der Welt?

Dass jemand Liebes dich hält?
Umarmt und nie mehr allein?

Fremd bist du, du.
Ich trau mich nicht recht.
Sind wir vom selben Geschlecht?
Mir scheint, du winkst immerzu.

Kindlein, so klein,
ein Wesen aus Haut
und Furcht, uns allen vertraut,
und mutterseelenallein.

Schwarz sei dein Haar
und schwarz sei dein Blick.
Wir jagen niemand zurück
zum Tod im Leichenbasar.

Welt heißt Asyl.
Geburt heißt Asyl.
Ein jedes Haus heißt Asyl.
Ein jedes Wort ist Asyl.

Hier bist du Wir,
so fremd wie wir auch,
wir alle, damals im Bauch.
Willkommen, Bleiben ist Hier.

Der Syrer

(in Erinnerung an meinen Vater Mohamed Ali Ani)

Von Blicken getrieben, von
fordernden Schritten. Gereist
vom Urstrom zu Flüssen, mickrig
und vereist. Keine Hand
erwiderte dein Winken, die Frau,
die du erwähltest, als du dich aus
deinem Fremdsein schältest, war
eine Ungebetne auch. Mein
erstes Obdach: der
verschwiegne Bauch.

All das ist Geschichte
und wahr und verboten.
Das sind nur Gedichte,
behaupten die Toten.
Du aber weißt, dass,
wer sich erinnert, die
Wahrheit der Lügner
enttarnt, und ein Lügner ist
einer, der die Welt mit
Schweigen umgarnt.

Am Urstrom hast du keine
Stimme mehr. Das Land, das deine
Wiege war, blüht nicht mehr, es
weint. Wo du mir die Datteln
deiner Kindheit in den Schalen
deiner Hände reichen und in
tausend Nächten mir die Lieder
meiner Herkunft singen
wolltst – in diesem Land, Allah
ist Zeuge, fließt in allen Bächen
Blut. Und in den Flüssen steigen
Mesopotamiens Tränen an zur
allerletzten Sintflut.

Das ist Geschichte
und wahr und verboten.
Das sind nur Gedichte,
behaupten die Toten.
Du aber weißt, dass,
wer sich erinnert, die
Wahrheit der Lügner
enttarnt, und ein Lügner ist
einer, der die Welt mit
Schweigen umgarnt.

Von Tänzen am Sonntag
erzählst du, von Fingern, die auf
dich gerichtet waren. Vom
Lächeln, das dich so oft auf

offner Straße überfiel und dich
nach drüben trieb, zur Seite der
Bettler, der stotternden
Schatten, der Träger
missratener Haut. Dann
kam sie dich holen und nahm
dich nach Haus, die Frau, die so
ungebeten war wie du, deine
Braut. Sie gab dir zu bleiben, du
bliebst.

Wenn du, was später selten
war, an die Deinen in der
Ferne schriebst, verschwandst du
in der alten Schrift und kehrtest
nie mehr ganz zurück. Dein
Sprechen, bis zuletzt, war nie
ein Tanz aus Worten. Ich rief deinen
Namen, ich wollte dich
hören. Wir haben dir alle, wir
alle, wir haben dir alle, sie und
ich und die stotternden
Schatten und alle, wir haben
dir alle, wir alle, kein einziges
Mal in tausend Nächten und noch
einer mehr, wir haben dir
alle nicht ein einziges Mal
zugehört, wie man dem Meer
zuhört oder dem sanften

Schnauben eines schlafenden Kindes.
Wenn ich dich niemals finde,
wenn kein Abend dich kennt und
kein Morgen, erfinde ich ein neues
Land, Vater.

Friedrich Ani, geboren 1959, lebt in München. Er schreibt Romane, Gedichte, Jugendbücher, Hörspiele und Drehbücher. Er erhielt sechs Mal den Deutschen Krimipreis sowie den Adolf-Grimme-Preis und den Bayerischen Fernsehpreis. Seine Romane »Süden« und »M – Ein TaborSüden-Roman« standen wochenlang auf Platz 1 der KrimiZEIT-Bestenliste und wurden zu den besten deutschsprachigen Kriminalromanen des Jahres gewählt. Zuletzt erschien bei Suhrkamp der Roman »Der namenlose Tag«. Friedrich Ani ist Mitglied des Internationalen PEN-Clubs.